春城無處不飛花

唯有沉浸於美的事物，才能使人感受良善，增添力量，縱使身處絕望。

茶美人

感謝造物者的大愛、溫柔與慈悲
以及生命中所有迷人且充滿智慧的身影
感謝一顆堅定的心
總能在遭遇挫折後
給予自我修復的能量和奮力前行的勇氣
感謝夢想與初心
始終相伴 不曾遠離

謹將此書獻給我親愛的外婆 楊美女士

——一位偉大善良而堅定的女性

CONTENTS

目錄

寫在書後

附錄

推薦序一

閱盡人間特色 演繹詩情畫意

何應瑞

遵茶美人囑託為序，甚為欣喜。感佩她總是將夢想付諸行動，在其字典裡，似乎沒有「不可能」這三個字。

書稿在手，感動於胸，卻幾經思考琢磨仍難下筆，暢所欲言。並非其作品艱澀難讀，亦非交情粗淺不足以為序，實因沉浸書中文字久久不能自拔而致書寫受阻。

人類各項才華之展現，均有賴大腦各司其職並運作整合。聽覺敏銳者，善於絲竹賞析，創作膾炙人口的音樂；味覺敏銳者，能品佳餚美饌，或成名廚或為饕客；色彩圖形知覺敏銳者，精於區辨顏色構圖，能創作曠古雕塑或名畫。而作者腦部可能同時具備多項敏銳的整合功能，因此對許

多事物表現出過人的知覺體察與執行能力。她能言善道、思緒敏捷、綽約閒靡、內外兼具，作為一位神經科學家及她多年的同事兼好友，我深信她的腦部有異於常人的優異功能，著實令人欽羨。

茶美人攻讀教育博士學位三年級那年，罹患了嚴重的頸椎病，行走坐臥處處痛苦受限，更是終夜不能成眠，以致不得不暫停學業，專心養病治療，但她仍在身體的病痛中以意志力完成了本書，實在令人動容。過去，她活躍於大學生的課外活動工作，屢屢在校園中創造活力與佳績，是學生與同事們眼中不可多得的才女，更獲頒教育部最高獎項，表彰其工作成就與卓越表現；而在小學的課堂裡，更是學生口中「最溫柔有愛的教師」！如今，得知她在苦痛中仍然堅持夢想與信念，其精神與毅力更令人佩服激賞。

夜深人靜，獨思有感。身為教師，實有一份責任引領學生登高望遠，使其有如沐浴春風之體會，因此本人自恃多年生理研究之科學經驗及對文學的熱愛，大膽為此令人驚嘆之作品做一引言，期能收穿針引線之效，引領更多讀者們進入花的「視界」，領略自然之美。

清代學者梁章鉅曾云：「人無書氣，即為粗俗氣、市井氣，而不可列於士大夫之林」，宋朝著名文學家黃庭堅亦有一句千古名言，令人傳誦不已：「士大夫三日不讀書，則義理不交於胸中，對鏡便覺面目可憎，向人亦言語乏味」，由此可知閱讀在古代文人心中的份量。

然書籍種類繁多，精彩紛呈，讀者可挑選自己所喜愛的類別加以閱讀，藉此拓展視野，豐富知識底蘊。而閱讀文學作品的好處在於陶冶性情、滋潤心靈，於自身、於生活、於生命三者缺一不可。

沉浸在文學的世界裡，可以使人獲得精神上的享受與審美的愉悅，暫忘現實中的種種壓力與煩惱，提升個人的創造力、想像力及修煉氣質與內涵，亦能豐富人生閱歷，使生活自在從容。故事中的各種角色與鮮明的特質呈現，更能使我們對人性有深刻透徹的體悟，承認善與惡的並存，感受美與醜的對比，藉以喚起改造社會的激情，認知人與自然的緊密，進而產生敬畏之心。

細讀本書，不僅飽覽名花，作者更將眼耳口鼻所感知到的花朵，展現為古今中外一致的高貴情操——愛。

京都高台寺前迎風搖曳的垂櫻，風中和著麥芽糖的絲絲蜜香，細訴縱使失去生命也要呵護嬰兒的母愛傳說；唐明皇冷落梅妃，鍾愛楊玉環而荒廢朝政，最終引發安史之亂，落得「六軍不發無奈何，宛轉峨眉馬前死，鴛鴦瓦冷霜華重，翡翠衾寒誰與共」的悲情結局；蓮花與木棉的篇章裡，展現一代文人蘇東坡與韓愈的文采，更在史詩與教育上貢獻卓著，流芳千古；普羅旺斯一望無際奼紫嫣紅的薰衣草，迸放青春炙熱的愛戀，展現真善美的純真情誼；沁夜暗香浮動的桂花將一生綿密的愛意結晶化作黃泥相伴，深情不渝；放棄茉莉花茶帶來巨大的商業利益，堅持興學造福鄉里，世代傳愛的慈善茶農；偶然的巧合與創意，讓一對恩愛夫妻將桐花子研磨成油，同心齊力，重振紙傘家業……。

一花一世界。透過本書，作者邀請你一同將花請進生命，隨她在青蔥玉指間將花演繹得詩情畫意，帶你閱盡人間特色，並分享她在意境之美的追逐中所體悟感知的花花世界——「一個充滿愛的世界」。

「書中自有黃金屋，書中自有顏如玉」，期許讀者們開卷有益，在閱

讀中修練氣質，涵養智慧，進而提昇生活品質，共同建構富而好禮的書香社會。

本文作者為台灣大學生理學博士／中山醫學大學心理系教授。

推薦序二

聽見花綻的聲音

陳鴻彬

花綻，為每一輪花期的倒數第二個階段。

那麼您可知道花期的最後一個階段為何？

結實。

【花落的惆悵】

花綻極盡婀娜，終有終期，亦即花落。人們總是貪戀花綻的多姿，惆悵於花落即將到來。貪戀美的事物，乃人性之本然。倘若花不落，將何以結實？花不凋，何以令人珍惜花綻之有限？世間萬物，凡珍貴者，皆因有限。

【事之蘊，人之韻】

作者筆下之花韻，亦然如此。

以花諭事，花已然成了最好的引子，烘托如果實般的事理。自此以後，花不復為花，而是連結。望花而思其事理，此時的事理是果實，是每篇花韻的終了，更是作者想帶領我們抵達的果園，卷一的「茉莉花」，全然詮釋。

以花擬人，花開始有了形象，獨一無二。花不復為花，而是靈魂。望花而睹其人，此時的花是印記、是人格，更是作者想提供給讀者的畫布，鏡映我們的投射，卷四的「蓮花」，淋漓盡致。

【傾聽花綻的聲音】

心理學上廣為人知的「隱喻」手法，與文學上的「擬人」、「喻事」有著異曲同工之妙。而作者灌注個人在人文史學的厚實底蘊與溫雅有愛的性格於全書，輔以對生命的理解與頓悟，信手拈來，層次豐富，且不失考究，實乃箇中翹楚，方得以造就此書。

特此推薦予您！

本文作者為國立彰化師範大學輔導與諮商學系碩士。現為諮商心理師／資深輔導教師／暢銷作家，著有《鋼索上的家庭》。

推薦序三

晴雨同沐 莫負好時光

宋肅懿

花兒會開
為了有一天 誕生的你
花兒會開
晴雨同沐，莫負好時光
花兒會開
我 卻留下些什麼呢？
花兒會開
願 留下我們的笑容和美好的種子

一粒小小的種子從萌芽到茁壯、開花結果並不容易，歷經了日曬風霜雷雨，甚至冰雪、颱風的考驗，吸取了蘊含在自然界裡的無數養分，才能含苞、盛開、結果。一朵花引來多少青睞？一朵花又蘊藏多少大自然的奧妙？

台灣是寶島，有平原高山、溪谷湖泊等複雜地形，大自然生態豐富，四季遞嬗，山林呈現不同風貌，各種花卉盛開，繽紛多彩，美不勝收。為人父母者如能利用假日踏青或親子賞花更是幸福樂事！

徐志摩曾譯英詩：

「一沙一世界，一花一天堂。雙手握無限，剎那成永恒。」

花若盛開，蝴蝶自來，人若精彩，天自安排。佛祖拈花微笑，佛學說：「一花一世界，一葉一菩提」。石頭夾縫中生長的野花、璀璨滿樹的櫻花、默默吐露芬芳的小茉莉、期待愛情的紫色薰衣草……若能靜心仔細觀賞，每一朵花都努力綻放熱情的笑靨，展露最美的姿態，盡力完成自身

的使命！花開結果、花謝化作春泥更護花，這就是生命的意義！

茶美人蕙質蘭心，聰慧文雅，才華洋溢，不僅從小就愛花惜花，研究花卉，還十分用心為大孩子寫成數篇與花有關的故事。她蒐羅各種花的傳說與歷史典故，結合個人巧思後加以創作，並以優雅流暢清新的文筆撰寫故事，期望每則故事能啟發孩子美的思維，同時培養品德，提升文學素養。養成孩子終身閱讀好書的興趣與習慣，豐富內在自我，這是一份深摯之情與大愛願景，更是當今社會所需，其辛勤筆耕、創作令人敬佩！也祝福她人生如花，更加豐富優美綺麗！

本書作者為文化大學歷史學研究所碩士。曾任新仁教材行總編輯／國立空中大學講師／現任台北市大安社區大學講師。著有《西安：秦中自古帝王州》、《唐代長安之研究》、《世界歷史同步視聽教材》，並譯有《中國古建築與都市》。

推薦序四

春城花香　茶韻飄揚

王瑞顯

近日獲悉，茶美人所著之《晴雨同沐》將二刷改版，甚為欣喜，特撰文推薦之。

觀其古今，愛花者眾，五柳愛菊、濂溪愛蓮、和靖愛梅、醉翁愛牡丹、花蕊愛芙蓉……等等，文人墨客莫不借花來擬人敘事喻平生。作者亦是愛花之人，特選出十種不同花卉，以花語、花情佈局，借花喻事，使讀者在文字中感受花香四溢與人間真情溫暖。

開篇以茉莉為首，茶以花相佐，恰恰與作者筆名相符，茶美人，茶有韻，花飄香。

愚閱畢本書後，大膽用茉莉香、桂花情、不染蓮、淡雅梅、紫海洋、櫻糖恩、黃金雨、五月雪、韓公棉及玫瑰行來表達心中的感觸。

香魂傳善興學堂，白鹿桂花掛心腸。
不染污泥出濁塘，淡雅清幽入池湯。
心靈相知紫色洋，糖櫻京都憶親娘。
手足信守雨金黃，五月飛雪締鴛鴦。
堅毅英勇驅蠶羊，荊棘滿佈玫瑰行。
春城無處不飛花，晴雨同沐天下揚。

本書文筆流暢，文中有花，花中有文，不僅能帶領讀者感受花形之美，更能品味滿室馨香，真情至美躍然紙上，是一本不容錯過的經典佳作，願您能細細品味珍藏。

本文作者為國立中正大學財金所碩士。元大銀行資深襄理。104 職涯學院業界講師／104 人力銀行工作世界業界講師。

推薦序五

一座充滿神奇魔力的秘密花園

陳璟嫻

受茶美人邀請為《晴雨同沐》改版二刷之《春城無處不飛花》撰寫推薦序，內心深感榮幸！

與茶美人在大學時期相識結緣，師出同門，其品學兼優、允文允武、動靜皆宜且貌如天仙的內涵與特質，不但是校園中人人稱羨的才女，更是令筆者崇拜不已的偶像！

原本自覺文筆不佳而未敢輕易嘗試，但在她的鼓勵與熱切邀請下，令我信心大增，決定不藏私的分享我與《晴雨同沐》的第一次親密接觸。

能與本書有緣相見歡，起因為本人目前於偏鄉小學任教之故。而以推動學子閱讀力為職志的她，不僅身體力行，提筆著書，更慷慨贈書，讓我與孩子們有機會拜讀這本令人驚艷之作。

原本擔心文中艱深而華麗的詞彙對孩子們而言有些難度，甚或可能因為無法精準掌握字裡行間細節，而影響對故事文本的理解，畢竟他們只有小學高年級的程度。但出乎意料的是，孩子們竟被書中每一篇各具特色的故事所深深吸引，在課餘時間裡不斷討論每篇故事中的內容以及作者所設計的「延伸問題與思考」主題，更有許多孩子對每卷附錄的詩詞相當感興趣，不但主動詢問，同時也彼此交流對書中各個角色的觀感與想法，甚至有些孩子還試著想改編故事的劇情與結局。

孩子們喜愛這本書的反應令我始料未及，萬分感動，這本書開啟了他們主動思考、討論與反思的動力，真是一本具有神奇魔力的好書！

班上有個孩子在讀書心得裡提到，她從沒有看過一本書能夠在文字中讓自己產生十足的畫面感，以下是她分享閱畢薰衣草篇章後的心得內容節選：

「我覺得薰衣草這篇寫得太棒了！可以讓我輕易想像劇情裡的畫面，我常常看書，但卻很少有機會能夠從書中感受到這麼強烈的畫面感，如果這本書未來有機會能夠以漫畫的方式呈現更棒，這樣我就能夠驗證一下自己所想的是不是和作者茶美人姐姐一樣！」

身為一名教師，我以教學者的專業觀察，分享這本書所具備的三個魔力：

【吸引力】一篇篇吸引讀者的故事：

配合各種花卉的主題，茶美人寫下了不同時空、不同國家、不同文化背景的故事，讓人讀起來覺得新奇，也充滿趣味。

【思考力】延伸問題與思考：

每篇故事結尾，茶美人附加了關於故事內容的提問，同時更深一層的提出文中故事未能道盡之深意，除了讓讀者讀完文章後，可以從問題再度回想故事劇情外，更可以進行深層的思考及訓練口說表達能力。

【學習力】學習優美的詞彙與詩詞：

配合不同的故事內容，茶美人選出了許多優美的詩詞，讓人在閱讀故事之餘，也能提升文學素養。

筆者讀完本書之後，不禁對茶美人更加佩服得五體投地。連學生家長都趁著連假與孩子一起看這本書，而後私訊詢問這本書該去哪購買？他們也想收藏及饋贈友人。證明這真是一本老少咸宜，適合闔家閱讀的好書！

本書如一座美麗的花園，裡頭充滿了各式各樣、五顏六色的花朵。如果您也是愛花之人，那麼，請容許我誠心地邀請您花些時間沉靜下心思，只要打開書，就能進入這座五彩繽紛的花園，而後細細品味茶美人為您編織的花花世界。

本文作者為大漢之音廣播電台主持人／三灣國小教師

各界聯合推薦

國立清華大學歷史系教授　謝敏聰博士
國立台中教育大學高等教育研究所副教授兼學程主任　李家宗博士
中山醫學大學心理系教授　何應瑞博士
文化大學心理輔導學系副教授兼系主任　陳柏霖博士
國立中央大學通識中心助理教授　鄭揚宜博士
屏東麗安牙醫診所　周育正院長
亞洲大學附屬醫院兒科主治醫師　陳德慶醫師
奇美醫院　兒科部主治醫師　陳威毓醫師
華盛頓雙語小學　楊麗玲校長
台中市立新國中　張嘉亨校長

忘年知音二重唱美聲組合
音樂家／表演藝術家　孫懋文老師
台北大安社區大學　宋肅懿講師
大葉大學諮商中心　鍾麗治心理師
國立彰化高級中學輔導室　陳鴻彬老師
天主教恆毅高級中學學務處　鍾建安主任
新北市立海山高級中學 人文藝術領域　劉用德老師
國立中央大學附屬高級中學地理科　叢志偉老師
古典音樂評論家　張皓閔講師
華盛頓雙語小學　陳美滿老師
彰化縣茄荖國小　曾俐文老師
苗栗縣三灣國小／大漢之音廣播電台主持人　陳璟嫺老師

彰化縣立社頭國小　劉育存老師

彰化縣立草湖國中　劉韋廷老師

國立彰化特殊教育學校　劉郁菁老師

彰化縣立大城國中教學組　林祺淳組長

新北市立鳳鳴國中學務處　黃金蓮幹事

為台灣而教 TFT 招募資深專員／教育碩士　鄒宗翰老師

補教名師／陳峰數學　陳峰老師

前長榮航空公司空服員／補教名師　陳詩蓉老師

桃園市政府消防局　王翊龍小隊長

成功大學附設醫院　黃淳琪護理師

長榮航空公司　于竣宇機師

長榮航空公司　吳亞凡空服員

生活美學家　鍾譯萱女士

台灣歐陸檢驗清華科技環境檢驗工程師　劉典育先生

自由工作者／教育碩士　林雯琪小姐

台中羅廷瑋議員服務處　鄭正叡專員

金門日報社技術員／金門身心障礙家長協會　鍾永盛理事長

台灣惠普資訊科技股份有限公司業務部　鍾乙熏經理

綠電再生股份有限公司總經理特助　陳思潔小姐

大禾視覺設計資深設計師　曹伊芸小姐

果思設計有限公司 UI 設計師　曹又云小姐

金門縣輔具資源中心　鍾明哲專員

國泰人壽業務部　趙崑傑主任

高雄市仕隆國小家長會　謝碧枝會長

富邦人壽業務部　黃佳雯主任

104人力銀行業界講師／元大銀行　王瑞顯資深襄理

清華大學學習科學與科技研究所　黃郁喬研究生

讀者感動推薦

好久不見這樣一本筆觸溫潤有愛、文字洗鍊流暢的小品，令人一讀再讀，百讀不膩，且每回讀完都感動不已！書中每篇故事皆創意有愛，充分展現美的意境與花的魔力！是值得一讀的好書！**（喜愛文字與故事的心理師）**

身為八年級生，生活已離不開電子產品，求學時求知的管道，網路也占了大半。然而最近甚閒，便重新拾起一本本有重量與溫度的散文小說，才發現早已和書籍有了代溝。此書用字優雅唯美而不輕浮，故事篇幅適中且親切，將我拉回了書中，重新體會文字的魅力，而沉靜在花與自然的芬芳，頓時歲月靜好，期望未來也能現世安穩。**（雨前）**

文筆流暢溫婉，故事情節溫馨有愛，成人讀起來輕鬆溫暖，中學生更能夠培養文學素養與提供寫作能力！C/P質非常高！大推！**（king）**

敘事之真實，已非重點，而在故事之尾韻，猶如另類的「花語」，意味深長。您也讀出來了嗎？若無，何妨透過孩兒們的童真，望穿成人世界之庸碌繁忙。返璞而後歸真，方乃「韻」之真義。誠摯的邀您共品嚐。**（愛採茶的花農）**

一葉隨秋去，百花踏春來，這本書記載著關於花的各種故事與情感，藉由文字來體會生命的美好，適合闔家閱讀，尤其適合大孩子。在3C用品充斥生活的現在，藉由靜下心來閱讀此書，能讓孩子們遠離手機平板，並在故事中成長，真是很棒的一件事。**（浮紳若夢）**

小小短篇，寓意深遠。是適合靜下心時一讀的好書，讀後使人忘卻煩惱並沉浸在書香世界裡。**（郁喬）**

在匆忙緊湊汲汲追求的時代，本書裡縱貫古今神遊東西的意境，可以靜心，可以遐想，可以回到生命最初純粹純真的心靈。**(Joshua)**

真正的演員是不會在意自己的美醜，最重要的是活在角色的當下。這是筆者對於作家荼美人的初遇深刻印象。

在《晴雨同沐》——玫瑰花篇章中，場景拉到媲美人間仙境的泰北清邁長頸部落，作者透過筆下的角色瑪雅引領我們探索當地的人文背景，融入矛盾與衝突的故事，探討感受一段執著奮鬥不懈的心路歷程。作者荼美人細膩的人生觀察，感性的筆觸所呈現的畫面，是一種永不放棄，感人肺腑的生活寫照。誠如大文豪梵古隱喻：「每個人心中都有一團火，路過的人卻只看到煙」。

在茶美人粉絲專頁一篇關於橋上愛情的篇章，更令人驚見作者對於橋的註解，描繪人世間悽美的愛情故事，有著另類獨特的銓釋。猶如金庸小說筆下俠鵰神侶李莫愁曰：「問世間情為何物？直叫人生死相許」！

拜讀茶美人作品，驚為天人，其思路發想獨特，觸覺采風異趣，文筆行雲流水且對人性萬物之細膩觀察感受遊刃有餘，閱後有深刻的體會，令人激賞！

書中隻字片語引發無限遐想，互為共鳴，彷彿徜徉大自然般自在，如沐春風。本書清新唯美，獨樹一幟，是相當值得推薦的作品。也是人生美好的遇見！（**Simon**）

初見茶美人作品是在網路上，對作者的細膩刻畫手法印象極為深刻。在作品中能感受到花背後所代表的情感。

花是茶美人的情感，它成就了茶美人的生活、成就了茶美人的心靈；一杯茶可以解人渴，一朵花卻可以映人心。

茶美人不只懂茶、更懂花。聽茶美人說故事猶如感受花朵盛綻的美好，邀您一起進入花的空間維度中，一同沈浸在花的世界裡。**（劉典育）**

與作者因書相識，卻發現原來生命中早已有著許多連結。雖然開始互動的日子不長，但卻像認識了幾十年的好友一樣契合。有著太多一樣喜歡的事物，特別是對花的喜愛。只是自己寫不出如此美雅深刻的文字。姑且以手機記錄花態之美。喜歡聽民歌超級療癒心靈；喜歡閱讀；連她喜歡書中的話巧合的都是自己的座右銘：「當你真心想完成一件事時，整個宇宙都會聯合起來幫助你」；喜歡旅行自由自在的感覺；喜歡攝影把眼中美好的人事物透過鏡頭還原。欣逢二刷改版，祝福一切順心，也希望更多讀者能夠一起走進這本書的美麗世界。**（黃佳雯）**

天降甘霖雨，心閱品味書。茶美人具有十足的寫作能力，以豐富旅程的視野，撰述以花為主角的美麗篇章，是這本書引人入勝的地方。好文筆來自豐厚底蘊，一字一詞一句的「文以載道」，是美人對於人事物的感受與思辯。個人非常欣賞博學多聞的她，更讚賞她在本書中展露才華。容我大力推薦這本屬於我良師益友的好書，願讀者細細品味，在美雅的文字中提升表達寫作與對美的感受能力。（**劉育存**）

關於寫，寫在抒發個人情緒，容易；寫在批評他人言行，不難。然而，要能寫出一本啟迪莘莘學子以及具有文學價值的書就不容易了！經歷人生的沉潛、轉化與昇華，而後以質變帶動量變，筆下生花，重新以美女作家的姿態翩然而至，讓我驕傲地向您推薦我的摯友—茶美人！並誠摯的邀請大家共讀好書！（**林芷羚**）

這是一本適合全家閱讀的神奇好書。小學生可以從故事中增加想像力；中學生學習舞文弄墨的結構與精心雕琢的詞彙；大學以上的成人可以增廣見聞，充實內涵；社會人士能增添文學素養，安頓心靈。這本書為當今物慾橫流的資本主義時代注入一股清流，值得您珍藏品味！**（戴倫醫師）**

自序
上天恩賜 潤物無聲

親愛的讀者：

您喜歡花朵嗎？

是否曾經佇足留意牆角那些掙脫束縛、努力在夾縫中求生存的小野花？

那看似結構簡潔、組成單純的外表，在一般人眼中或許不值得著墨，但在悟性高的人眼中，愈簡單的事物愈顯非比尋常。

若您願意靜下心來，對著一朵花細細探究時，將會驚訝的發現，每一朵看似平凡不已的花朵，都自成一個複雜又極具豐富內涵的世界。

每朵被輕薄花瓣包覆的生命，都展現其精美有序且有條不紊的鮮明層次，除了在色彩與外型的安排上是如此相稱合諧、姿態各異外，氣味更是沁人心脾、馥郁芬芳，若非造物者的巧妙構思與精心創作，誰還有這般能耐？

德國著名戲劇家、詩人與文藝理論家歌德，在其《歌德談話錄》中提到，他經常喜愛獨自一人散步，享受與大自然獨處的時光，藉以和自己的心靈對話。當他走累時，便坐在路邊的大石頭上，歇腿休息，順便欣賞路旁的小花。他常能盯著一朵花細細欣賞數小時之久，在其中得到許多的靈感啟發與人生哲理。無獨有偶，印度當代瑜珈士、靈性大師薩古魯，在其「每日智慧之語」中也提到，他總能專注凝視花朵一整個上午，並有著：「開悟悄然發生，如同花朵綻放」般的美好感受。

是否，細膩深刻的情感與體會有時必須仰賴專注日常生活中的細節，並懷抱著適度的敬意與溫情？

如果說，牆角及路旁的野花都能帶給人們如此豐富、幽遠且遼闊的生命體驗，更惶論那些精心打扮、全力盛開的嬌艷花朵了。她們用自身的華麗優雅為大自然妝點出繽紛炫爛的色彩，在大地的畫布上濃妝艷抹，恣意揮灑。

放眼全球，春城無處不飛花。上天恩賜，潤物無聲。

當全世界喜迎新的一年到來時，台灣南投信義鄉的寧靜純樸古厝周邊處處可見銀白燦爛、梅雪飄香，遠山近樹，花海怒放，整座山頭一片雪白的景象，讓所有愛好攝影的人士趨之若鶩，堪稱奇景。

初春，在韓國濟州島欣賞美麗壯闊的遍地金黃，充滿田園風光的油菜花黃粉相間，構成一幅春之油畫。

二至三月，在狹長的日本島國中，感受從南到北依序綻放的含蓄嬌嫩，穿梭在漫天飛舞的櫻花隧道裡，淋一身唯美浪漫的櫻花細雨。

四月，遍布美國德克薩斯州的矢車菊，更是在燦爛的陽光照耀下爛漫盛開，暈染出充滿古老爵士風味的藍調氣息，沉穩且內斂。

五月，在荷蘭庫肯霍夫公園，欣賞一望無際的萬紫千紅，將鬱金香妖而不艷、美而不媚的簡潔優雅收納於少女翩然起舞的裙擺中。

位於東歐巴爾幹半島上的保加利亞，除了美女如雲外，玫瑰更是此地面向世界的名片，在上帝賜予他們專屬的後花園裡，一親玫瑰芳澤，體驗獨具民族特色的盛大慶典活動。

法國普羅旺斯的薰衣草，更是超越日本北海道，在光霧籠罩下華麗轉身，變幻成一片紫色的柔美海洋，成為全世界最浪漫的紫色薰衣草天堂。

八至十一月，正值南半球的春天，錯過北半球花期的你，別擔心，澳洲西部的珀斯野花為您全力綻放，怡然揮灑，淡雅嫵媚，絲毫不容忽視。

而中國雲南，因地處低緯度、高海拔，加上氣候類型多樣化等特性，因此孕育了大量的奇花異草，享有「亞洲花都」之美譽。

雲南人不只賞花，更愛吃花，將各式花草入菜的構思已成日常，吃花的功力與創意更是堪稱絕倫，無人能及。

說到「吃花」，滿清末年垂簾聽政的老佛爺慈禧太后，更是「愛花如痴、吃花成精」，是中國歷史上堪稱最能消費鮮花的人，實在令筆者情不自禁另增篇幅著墨。

據《清宮醫案》表明，慈禧太后其實就如普通人一般，有著偏愛花草生物的喜好，狗、馬以及特殊名貴花草如：白龍須、紫金鈴、雪球等，都被她視如珍寶。她命太監在頤和園中種植了上萬種花草，並派專人加以護理照養，而她閒暇之餘便在花叢中把玩欣賞。據說一天深夜裡大雨突降，慈禧從夢中驚醒，花容失色，以為自己的菊花園被雨水淋壞，因此神色慌張、侷促不安，所幸太監及時回報早已用蘆席將花草蓋妥穩當安置，她這才放下心來。慈禧太后不只偏愛賞花、嗅花，還喜歡興致勃勃的品花、吃花，尤其偏愛菊花與荷花。她命人將那些全然盛開的花朵採摘後，在溫水裡加以漂洗，並置於竹籃瀝淨，接著在盛裝著藥膳雞湯的銀製小鍋中，加上些許魚片與醬油等調味料，以花瓣佐湯料食用，一次還能吃上不少。她也喜歡將荷花與玉蘭花加入調味料製成零食，留作消閒上品享用。

此外，她在美容、沐浴時，也擅長以花為材。她將金銀花做成花露水，塗抹在身上當乳液，而在洗澡時，又使用大量的玫瑰花或茉莉花製成香料，灑入浴池，在花團簇擁中，享受鮮花帶來的艷麗與滋養。

而另一位將花卉融入器物的藝術家，非康熙皇帝莫屬。康熙年間，時任清朝督陶官的郎廷極，於景德鎮官窯率領畫家監製色彩鮮艷、光澤透亮的十二月花神杯，不但被康熙視為珍品，更是後世文物收藏圈裡的奇珍異寶，一組共十二款，每款杯子上的花卉以承襲自明代的青花五彩，調配出濃淡不一的料水平塗施彩，再以黑色或重色描繪線條，構成深淺層次的變化。

據說，康熙皇帝喜歡以「翻牌子」的方式決定當下該以何款杯子品酒。一月水仙，二月玉蘭，三月桃花，四月牡丹，五月石榴，六月荷花，七月蘭花，八月桂花，九月菊花，十月芙蓉，十一季花，十二梅花，款款美艷，工筆出彩。

瞧瞧，那些與鮮花為伍的日常，是多具詩意及美感啊！花朵與人的生命連結，遠比我們所認知的更為緊密、複雜且驚奇。她們不僅使這個世界豐富多彩，同時也賦予人們心靈滿滿的滋養與慰藉。徜徉於花香醉心的漫妙秘境中，更使人心神游離，忘卻凡間煙火，實現夢想中無數的浪漫盛宴。

怪不得「以風流為道學，寓教化於詼諧」的清代文人張潮，在其所著之《幽夢影》一書中有如下描述：

所謂美人者，以花為貌、以鳥為聲、以月為神、以柳為態、以玉為骨、以冰雪為膚、以秋水為姿、以詩詞為心，吾無間然矣。

「所謂美人者，以花為貌」，用花的美麗姿態來形容美女出色迷人的外表，真是細緻入微、萬般貼切。

而歷代文人雅士以花做為詩詞題材者更是不勝枚舉，他們身處亂世，經歷朝代更迭、家破人亡、妻離子散，仍能在天地自然與花草的世界中提取能量，安頓身心，抒臆胸懷以傳後世，留下許多如瑰麗珍寶般的文學著作。

由此可見花朵在士人心中的份量，也足以說明，唯有沉浸於美的事物，才能使人感受良善，增添力量，縱使身處絕望。

筆者自小便是個愛花之人，對自然界裡的花花草草總懷抱著難以言喻的情感，每回見到陌生的花朵，非得在花卉百科全書中找到答案才肯罷休，所幸拜現今科技日新月異之便，手機上只要下載各種識花軟體，所有問題都能迎刃而解，不費吹灰之力。

一年春末，帶領一群澳門大學書院學生到雲南偏鄉展開服務學習體驗式課程，在亞洲花都裡感受群花施展嬌豔的魅力，也像劉佬佬進大觀園般見識到當地人如何妥善且獨具巧思的將花運用於日常，內心讚嘆不已，激動之情難耐，當下心中便湧現了必須撰寫一本以花為題材的著作之構想，希冀從戲劇性的鋪陳與喻事的脈絡來提高讀者對花的興趣，進而展開一段超越感官之美的經驗與覺醒。

本書內容以花為軸心，延伸發展出十個與花有關的故事，這些故事，結合少部分真實史事，更多則來自傳說與筆者的原創、杜撰及編寫，內容或談忠義氣節、親情倫理；或抒仁民愛物、男女之情，篇幅或長或短，題材援引中西，希望每則故事都能啟發讀者對美的另類思維，同時培養品德，提升文學素養。

本書為《晴雨同沐》之修訂二刷版，除調整部分內容、加大字體及勘誤前版錯字外，也於油桐花段落中，增添花朵「價值完成」的善意與奉獻之美意描述，亦在書後呈現天橋下現代說書人秦至宏大師於《晴雨同沐》新書發表會時之引言精華，更因文人相惜，收錄王瑞顯先生、陳州祥先生之詩詞創作與孫懋文老師為本書所作之主題曲《沐花》等內容。

書寫至此，還是要再次感謝六位師長及友人們在百忙中閱讀本書文稿，並基於各自所學提出相關修改建議及推薦作序，他們分別是：何應瑞教授、謝敏聰教授、宋肅懿老師、陳鴻彬老師、陳璟嫻老師與王瑞顯學長；各界先進前輩與友人們的情義相挺，感動推薦，也令筆者心懷敬意，銘感五內；雲雀美聲合唱團明郎學長、巧玲學姐與筆者研究所戰友雯琪學姐等人的偏鄉捐書義舉，更讓書香飄揚，溫情遍灑。亦感謝讀者們對《花韻》、《晴雨同沐》的支持與肯定，透過不同銷售平台與途徑給予高度的評價及回饋；而元國文化於前本著作所提供的全方位協助，使筆者能逐步實現生涯規劃中的心願，以文字為媒介來表達人生境遇中的萬般深情與慈悲大愛；最後，感謝上承文化的優質團隊，以細膩的編輯方式和極具美感的設計風格，賦予本書新的生命樣貌。

與此同時，請容許我藉此滿懷深情表達對家人至親由衷的感謝。

感謝我的外婆，她是我第二個母親，我的童年因她，有著滿滿的愛與幸福感，她在我生命中的地位無人能及。

感謝我的父母，他們為我塑造一個堅韌獨立又不失親和幽默的性格，允許我成長過程中各種自在的探索與嘗試。父親的寬厚仁慈與關愛，是我心中永難忘懷的溫暖。過往軍旅生活二十年，訓練精兵強將，運籌帷幄的他看似一絲不苟，威武霸氣，私底下卻有著「唯夫人命是從、對孩子疼愛有加」的鐵漢柔情；而母親，在面對各種逆境與苦難所展現出堅忍不拔的韌性與自我超越的勇氣，以及面對任何挑戰或決定都能持之以恆，堅持到底的毅力，更是我人生最寶貴的資產與典範。年過六十的她還能保有對學業與助人工作的熱情，在多數人選擇含飴弄孫、退隱山林的年紀，仍能保持生命的熱力，年逾半百後的短短數年內積極拿下雙碩士學位，考上諮商心理師證照及取得中等教師資格，生活充實有序，對外婆的照顧更是無微不至、竭盡心力，實在令後生晚輩折服稱奇，在她面前，誰敢輕言不能？

而我又何其有幸，能有兩位令我驕傲與崇拜不已的親愛手足。哥哥翊龍是位火場英雄，工作中肩負救命重責，身懷絕技，練就一身專業能力，水裡來火裡去，生活中通情達理，儒雅敦厚，幽默風趣，文筆富麗；弟弟竣宇則是翱翔天際的歡樂幸福駕駛員，年紀輕輕就能逐夢踏實，過關斬將完成許多艱難的訓練與挑戰，樂在工作，享受生活，更是我心底最暖心的自豪。

感謝姝晴，讓我體驗了一趟難以言喻的生命旅程，我對妳的愛與情感超越生命，溢於鉛字所能展現。同時，我更私心的希望妳能珍藏這份情感，讓它成為我們之間最深的連結與紐帶，在未來每個面對困境與挫折的時刻，都能成為妳堅實的力量與底氣。

感謝一路不缺席的友情，你們的支持與疼愛，如同一雙堅實有力的翅膀，成全無數個天馬行空、自在遨翔的夢想，而在許多思想交流的碰撞中，亦重新建構我對生命和人生追求的理解與價值。

感謝摯愛——家煇，謝謝你是你，且如此美好的存在著，你的勇氣、堅毅、誠懇、認真與體貼，是我滿懷溫情的仰望與大美不言的風景。安心自在於你親手打造的花園裡翩然起舞，更是我此生無法言喻的高峰體驗。

感謝許多還來不及的感謝，感謝生命，感謝自己。

「三更有夢書當枕，千里懷人月在峰」，誠摯的希望正在閱讀此書的讀者們，能將「閱讀」視為一種終身的興趣與習慣，努力豐富自我內在精神世界，並在其中感受人文、探索未知，發現美好，也期許自己能成為一個「有書、有劍、有肝膽，亦狂、亦俠、亦溫文」的讀書人及生活美學家！

願諸位的人生都能綻放出如美麗花朵般的智慧與光彩，善良堅定，美感隨行。

茶美人 辛丑年春 書於台中

卷一 茉莉花

芳香馥郁 一縷鮮靈

末利興學、世代傳愛的茶商

葉老漢所特製的花茶香氣獨特、名滿天下，甚至得到了「香魂」的美名，城裡的達官顯貴、士紳名流都非他的茶不喝。

凡喝過香魂花茶的人，無不盛讚此茶沖泡時竄入鼻尖的一縷鮮靈，沿著舌尖飲入口中的唇齒留香，以及通過咽喉，直通心脾的清香滑順，甘甜柔和。

宋朝年間，福州有一戶葉姓人家，家族世代以種茶為業，傳到第五代葉老漢時，因種茶的人數逐年遞增，加上葉家祖傳的種茶技術並無特別突出，在市場相對競爭的狀態下，茶葉的生意每況愈下，大大不如從前。

有一年，葉老漢突發奇想，決定到蘇州做買賣，將茶葉生意拓展到外地，順道拜訪多年不見的友人。途中投宿客棧時，恰好看見隔壁住處有一名年輕女子，孤身一人，披麻戴孝，神情悲悽，眉頭深鎖，葉老漢見此狀後，抵不住內心的好奇，來到女子身旁詢問緣由，只見女子泣不成聲，哭得肝腸寸斷，好一會兒才能緩過氣娓娓道來。

原來女子的母親早逝，他自幼便與父親相依為命，父親為了提供她較好的生活環境，日夜辛苦不停的工作，因而積勞成疾，久病不癒，最終離世。

想到父親生前成天辛勤賣力工作而無法好好享受生活，如今自己又無力為父親厚辦喪事讓他入土為安，內心一籌莫展，悲痛難耐。葉老漢聽了十分不捨，惻隱之心油然而生，便將手頭上的錢全數給了女子，幫助她完成安葬父親的心願。

雖然女子與葉老漢素昧平生，實在沒理由無故接受如此厚重的心意，但面對眼下的困難實在也想不出更好的法子。葉老漢一番真心誠意的雪中送炭，她雖覺受之有愧，更是盛情難卻，於是便心懷感激的收下這筆錢買了棺木，尋找一塊福地後將父親安葬。

日子就這麼一天天的過去。五年後的春天，葉老漢又一次前往蘇州，途經故地，依舊投宿在相同的客棧裏，客棧老闆見到他十分開心，兩人久別重逢，談笑風生，一陣酒酣耳熱後，葉老漢順道詢問女子的近況，得知她因父親離世後過度傷痛，成天茶不思飯不想，面色憔悴，夜不能寐，生了一場重病後不久就尾隨父親過世了。

客棧老闆從櫃子裡取出一個小麻袋，表明此乃女子病危時誠懇委託，若有機會，待葉老漢再經過此地時務必親手轉交並代為致上謝意。

萬般皆是命，半點不由人。除了深深的惋惜外，葉老漢也無能為力，他長嘆一聲，打開小麻袋，發現裡面裝著滿滿的種籽，雖然並不清楚這些種籽能長成何物，也不了解女子用意何在，但睹物思人，想著這是她最後送給自己的禮物，便帶著一份憐憫之情，小心翼翼地放進包袱裡帶回家。

返家後，他在自家茶園中央的一塊空地上，將這些種籽種下，持之以恆的施肥灌溉，隔年，種籽終於慢慢成長茁壯，並在樹梢開出一朵朵的小白花，此花雖不知名，但味道清香高雅、香氣撲鼻，令葉老漢相當歡喜。同時他又驚奇的發現，由小白花散發出的清香讓整座茶園染上了一縷揮之

不散的鮮靈，令人心曠神宜。此後，農忙之餘，葉老漢總喜歡帶著茶具到茶園裡泡茶休息，舒緩疲勞，排憂解悶，感受茶與花融合後釋放出的沁鼻香氣。

有一天，正當葉老漢坐在茶園裡品茶時，看見不遠處有兩個年輕人，一直在原地打轉，貌似迷了路，葉老漢放下手中的杯具，上前詢問，果不其然，這兩位年輕人從外地來，初來乍到不熟悉地理位置，迷惑失道，經葉老漢指點迷津後道謝離去。

當他回到自己的茶園，再次拿起茶杯時，發現樹梢上的小白花掉入杯中，當下只是會心一笑，覺得頗有詩意，沒想到這小白花與杯中的茶湯充分混合之後，芳香馥郁、風味獨特，令他嘖嘖稱奇！

於是他突發奇想，將新鮮的花苞採摘後，混合在大批的茶葉中，均勻拌和，分層堆疊，讓茶葉充分吸取花的芬芳，製作成香氣持久、甜美回甘的花茶。

葉老漢所特製的花茶香氣獨特、名滿天下，甚至得到了「香魂」的美名，城裡的達官顯貴、士紳名流都非他的茶不喝。凡是喝過香魂花茶的人，無不盛讚此茶沖泡時竄入鼻尖的一縷鮮靈，沿著舌尖飲入口中的唇齒留香，以及通過咽喉，直通心脾的清香滑順，甘甜柔和，甚至覺得喝了此茶後能安神解悶、強心益肝。由於產量不多，一斤香魂有時甚至可以賣到天價，葉老漢的身價也因此水漲船高，不到幾年就成了當地的大戶人家。

因香魂花茶而致富的他，生活的確有了極大的改善，但他並未因此而揮霍無度，享受錦衣玉食，他時常想起那位女子的可憐遭遇，夜深人靜時不免靜思緬懷，並在內心滿懷感激女子讓自己能有今天舒適體面的生活，

為了幫助更多貧窮的孩子，葉老漢決定用賣茶所賺的錢興學。他在自家茶園附近買了一塊地，蓋了學堂，聘請學識淵博的先生來村裡教書，免費提供家境貧寒的孩子讀書及食宿，當地的人都被他的善心義舉所感動，孩子們更稱葉老漢為「老爹」，將他視為再世父母。

看著這些孩子們一天天成長，個個溫文儒雅、知書達理，葉老漢心裡相當欣慰滿足，他很感恩上天給他這樣的福報與機會，不但能將祖傳事業經營得有聲有色，更能心有餘力的幫助他人，回饋鄉里。

然而，好景不常，隨著葉老漢的名氣愈來愈大，排擠壓縮了其他茶農致富的空間與機會，因此不免遭到一些壞心茶農的嫉妒和眼紅，有些人試著將其他的花種放入茶中，模仿以花入茶的概念，但始終就像東施效顰，非但無法超越香魂的地位，還引來非議；而另一些人雖想如法泡製相同的作法，但卻不知何處能取得香魂的花種。

這一天，葉老漢家門口來了幾位彪形大漢，面露凶光，不懷善意。見葉老漢走出家門，二話不說，立刻將他五花大綁，威脅逼迫他親自傳授茶花香魂的獨門秘訣，同時要他從此退出茶葉買賣市場，搬離此地，否則將毫不留情的毀壞花樹及學堂。原來這幾名大漢是受了同行的利誘而來，他一方面感嘆自己樹大招風，擁有製作香魂的獨門技術而遠近馳名，一不小心引來有心人士的忌妒；另一方面，他也同情這些因香魂而生意受到影響的同業。

葉老漢幾經深思熟慮後，為使貧苦的孩子能持續獲得良好的照顧並完成學業，決定忍痛放棄祖傳的家業，將香魂的獨門技術傳授給這幾名大漢，並懇求他們未來可以繼續資助這些孩子們學習。大漢們起初並不同意，但葉老漢曉之以禮，動之以情，態度懇切，情意滿點，最終使得浪子

回頭，放下屠刀，並誠心懇求葉老漢的原諒，承諾終身不再作惡，改邪歸正。

此消息傳開後，村人甚是感動，孩子們更是歡欣鼓舞，為了表彰葉老漢置個人私利於身後的大愛情懷，將學堂命名為「茉莉學堂」，同時將融入香魂花茶中的小白花，取名為茉莉花。

茉莉，末利也。係指將自己的利益放在權衡考量的最末順位。

延伸問題與思考

一、惻隱之心，人皆有之。故事中的葉老漢透過何種方式展現自己的惻隱之心？

二、什麼原因讓喪父的女子最終念頭一轉，接受葉老漢雪中送炭的心意？

三、女子最後為何尾隨父親離世？如果你是那名女子，面對親人摯愛的離去，哀傷之餘，是否有更好的方式來表達情感及照顧好自己？

四、香魂花茶如何產生？試描述其形成脈絡與製作過程。

五、因香魂而致富的葉老漢，透過什麼方式來回饋鄉里？有朝一日，當你心有餘力時，是否也願意像葉老漢一樣行善助人，貢獻一己之力？

六、無惡不作的大漢們為何最後決定放下屠刀，誠心悔過，並懇求葉老漢的原諒？

七、面對他人誠心的悔過，你是否能原諒並真心接納？

八、如何在顧及他人自尊心的同時，以有智慧的方式展現善意，提供協助？

九、「泥菩薩過江自身難保」的行善是否有其必要性？又或者，我們能以更廣義的方式來定義行善？讚美是一種行善，無順耗費任何成本；具有公民意識是一種行善，它不造成別人的麻煩；體貼服務我們的人是一種行善，別將任何事情視為理所當然；處理好自己份內應盡的角色責任與義務，不造成別人的負擔，是否也是一種行善？再退一萬步想：不作惡是否亦為善？窮則獨善其身，達則兼善天下。勿因善小而不為，行善何必大富大貴？

滿江紅・茉莉　明／顧貞立

玉骨亭亭，似不屑，俗人為伍。
堪憐處，愁懷莫釋，芳心未吐。
數朵清芬羞對月，一枝瘦影嬌凝露。
喜含葩，向晚暗生涼，消煩暑。
擎翠袖，依簾幕。移素質，纖雲護。
想晚妝新浴，玉人風度。
學淺愧無看雪詠，才高自有吟秋句。
倩瓊姿，珍重伴棲香，相賡和。

卷二 桂花

清竿香散 樸實高雅

綿密愛意化作黃泥相伴的深情書生

桂花仙子感動不已，一直以來，她孤寂的挺立在這山麓古道上，虔誠而低調的將清竿香散給這片大地，可從沒聽過有人這樣讚美過自己，而李璽不但盡情且毫無保留的讚頌著她，更是天天前來探望，使她有種深受寵溺與呵護的感覺，內心默默對李璽萌生了愛慕之意。

一天，何仙姑自天界下凡採藥，時值深秋，她遨游四海、尋遍名山大川，最後落腳在廬山五老峰南麓。看著眼前秀麗山川除了些許零星野花點綴外，再無其他令人驚艷的花朵，愛花如癡的何仙姑，不忍這片山林如此孤寂，順手取下髮束上的金簪，埋進山麓，華麗的金簪轉瞬間成了枝繁葉茂的桂花樹。

清風徐來，漫天桂花飄揚，山野間彷彿下起了一陣金黃細雨，陽光下閃爍耀眼，黑夜裡馨香撲鼻。

這桂花樹本由仙家所種，經過漫長的歲月洗禮與吸取天地日月精華後，遂成花容月貌的桂花仙子，隱身於樹林間。

百多年後，廬山南麓山腳下的白鹿洞書院迎來了一位文弱書生，名叫

李璽。他自小天資聰穎，過目不忘，歷經多年勤學苦讀後，不僅學富五車、滿腹經綸，還練就一手人人稱讚的好字畫。

這一天，李璽一如往常埋首書堆，卷不釋手，他定靜而坐，不覺時光流逝，稍稍回神後才感到肢體僵硬，腰酸背痛，於是決定起身舒展活絡筋骨，到屋外散步透氣。順沿著林間小徑走了一段路後，他聞到淡淡清香撲鼻而來，於是滿心好奇的順著香味傳來的方向走去，竟發現不遠處有一株形態優雅、枝葉茂密的桂花樹屹立其中。

桂花樹梢開滿了一串串如鈴噹般的金黃色花穗，在綠葉的襯托下顯得清新脫俗、格外耀眼。飛花若雪，陣陣清香，他近身將頭埋入桂花叢裡，情不自禁的閉上雙眼，任嗅覺奔放。花中的芳香帶著絲絲甜意，久聞不厭，令他喜出望外，雀躍歡喜！在書院生活這幾年間，他還是頭一回發現這附近竟有這麼一株外形奇特、香氣誘人的桂花樹，既不花枝招展，也不與百花爭奇鬥豔，樸實高貴且純真優雅。

從那天起，他每天早晚都散步至此，繞著桂花樹轉上幾圈，時而發出讚嘆，時而抒發情感，更甚而提筆將桂花之美以及香氣撲鼻的狀態書寫成詩、描繪成畫。

桂花仙子感動不已，一直以來，她孤寂的挺立在這山麓古道上，虔誠而低調的將清竿香散給這片大地，可從沒聽過有人這樣讚美過自己，而李璽不但盡情且毫無保留的讚頌著她，更是天天前來探望，使她有種深受寵溺與呵護的感覺，內心默默對其萌生了愛慕之意。

一天夜裡，李璽一如既往，晚飯過後又緩步來到了桂花樹下，他對著

桂花樹喃喃自語，或吟詩，或高歌，桂花仙子聽得如癡如醉，久久不能自己，而後忘情地發出嬌羞愉悅的歡笑，這突如其來的聲音頓時讓李璽嚇得魂不附體、暈倒在地。

桂花仙子見此狀後，花容失色、驚慌失措，思緒混亂的她，不假思索地趕忙從桂花樹裡現身攙扶李璽回房，將他的身體擦拭更衣安頓於床榻後，便向窗外縱身一躍，飛到崑崙山頂採取珍貴的人蔘草，熬成湯藥後一口一口小心翼翼地灌進李璽口中，待其氣息心律慢慢平穩後，才依依不捨的離開書房。

約莫過了二個時辰，李璽終於醒來，他睜開眼睛一看，驚覺自己安穩地躺在床上，以為才從夢境返回現實，但細究後才發現身上已更換乾淨的衣著，白天原本穿在身上的髒衣早已洗淨晾在窗外，屋內整齊有序且桂花香氣四溢，芬芳繞樑，久久揮散不去。他仔細回想稍早前彷彿在桂花樹下聽到一名女子的笑聲，加上現在當下他所感知的一切，直覺稍早應是有名女子出沒於林間，並將受到驚嚇而暈昏過去的他送回書房安頓好。李璽除了對自己如此不堪受到驚嚇的狀態感到難為情外，更覺遺憾沒能親眼見其芳顏。

隔日清晨，天還未亮，李璽迫不及待來到桂花樹下，希望能在此與那位有緣的女子相遇，等了一天，始終不見佳人蹤影。

至此之後，不管晴天雨天，李璽依舊早晚在桂花樹下排徊，並誠心祈禱別錯過兩人能相遇的機會。

日子一天天過去，李璽始終等不到女子現身，終日愁眉不展，沮喪失

望，身體也因此日漸憔悴消瘦，桂花仙子不忍心看他成天意志消沉、恍惚無神，便時常偷偷地做一些桂花糕和桂花茶放在書房裡，讓他感到又驚又喜。

直到即將結束書院的學習生活返家時，兩人都沒能親眼見上一面，李璽心裡相當失望難過卻又無可奈何，縱使內心百般不捨，但無奈父母年事已高，家中亦傳來父親身體微恙的消息，再也不容他耽擱，必須儘早啟程返鄉善盡孝道。

臨別前他又來到桂花樹下，將他的不捨與遺憾對著桂花樹緩緩道來，除了表達自己多麼希望能夠見上那位一直在他身旁默默守護卻不願現身的女子一面外，更希望有機會能共譜良緣，攜手相伴。桂花仙子感動不已，終於壓抑不住內心的激動，淚流滿面現身在李璽眼前。這回李璽非但沒被桂花仙子突然現身的景像嚇倒，反而欣喜若狂，趨步向前。桂花仙子告訴他這一切的來由，並泣訴兩人因人仙殊途，縱使情投意合，也無法結成連理，雖然遺憾萬分，但也只能無奈接受，雙雙互道珍重後，含淚告別。

多年後，李璽進京趕考，取得狀元後衣錦還鄉，光耀門楣，雖然年年上門說親的人不計其數，但他卻心繫桂花仙子，情鐘於她，以致終身堅持不娶。七十二歲即將離開人世那年，他吩咐家中的管家，務必將自己安葬在白鹿洞書院旁的桂花樹下，想著終於能夠和桂花仙子相伴左右，長相廝守，他閉上了雙眼，微笑安詳的離開人世。

延伸問題與思考

一、何仙姑為何將金簪埋進山麓，讓枝繁葉茂的桂花樹在山野間綻放芬芳？

二、故事中的李璽是一位怎樣的書生？試著描述其長才與他每日在書院的生活型態。

三、試描述李璽偶然間發現桂花樹後的感受以及後續的生活轉變。

四、日常生活中的人事物如果出現不一樣的變化時，你能在第一時間就察覺嗎？

五、什麼原因使桂花仙子對李璽日久生情，進而萌生愛慕之意？

六、李璽為何昏倒在地？桂花仙子如何化險為夷？她做了哪些事情使李璽逐漸恢復意識？

七、情投意合的兩人為何無法結成連理？面對遺憾時，我們如何調整心情？

八、「深情而不滯於情，應物而不累於物」、「不為情傷，天地自寬」。這樣的心境或許可以成為面對感情時較為正確與健康的態度。試著檢視自己的感情觀，並透過與重要他人的交流互動得到不同的觀點及啓發。

鷓鴣天・桂花　宋/李清照

暗淡輕黃體性柔。情疏跡遠只香留。
何須淺碧深紅色，自是花中第一流。
梅定妒，菊應羞。畫闌開處冠中秋。
騷人可煞無情思，何事當年不見收。

無題　陳州祥

明眸纖絲半掩面，鐲扣玉肌金宅現。
乘翼飄洋遊故里，與君茶餘話家閑。

卷三 蓮花

嬌柔嫵媚 清新脫俗

增添塵世雍容清雅的天神之女

自此之後，玉兒在淤泥中度過了無數個春夏秋冬，從豐沃的泥土中吸取日月精華，在沉思中虔心悔過，在覺悟中提升智慧，頓悟天道、明心見性，淬煉成一朵「出淤泥而不染，濯清漣而不妖」的高雅蓮花，挺立於蒼穹間，自在安然地展示自己絕美秀麗的臉龐，讓塵世間增添一份雍容與清雅。

正值豆蔻年華的玉兒，是金母娘娘最寵愛的小女兒，有著閉月羞花、沉魚落雁的姣好容顏，天界眾神們無一不拜倒在她的石榴裙下。河神的女兒如雪更是才貌雙全，性格開朗活潑，兩人自幼便是形影不離的好玩伴，興趣相投、情誼深厚，可謂金蘭之交。

隨著兩人年紀漸長，天界的事物已無法滿足她們的好奇心。一天，玉兒與如雪兩人抵擋不了內心探索的慾望，偷偷下凡，降身來到杭州天目山上的清涼峰，居高臨下，伴著清涼的微風遠眺湖光山色，將杭州西湖的美景盡收眼底，不禁讚嘆意境動人，美不勝收。

玉兒不滿足只能在遠處眺望，她對如雪說，既然費了一番功夫偷偷下凡，來到杭州，那麼美麗的西湖山水絕對不容錯過。過去他們曾在書上讀到許多文人雅士對於西湖美景的描繪，內心嚮往不已，北宋大文豪蘇東坡

就曾做「水光瀲灩晴方好，山色空濛雨亦奇，欲把西湖比西子，淡妝濃抹總相宜」一詩，將西湖比做美女西施，而每一個與西湖相連的景觀，都浸潤著一個個既有嚴酷現實背景又極具浪漫色彩的傳奇：雷峰塔下，訴說著白娘子與許仙的淒美愛情故事；長橋上，有梁山伯與祝英台十八相送的痕跡；而詩人白居易也曾寫下：「未能拋得杭州去，一半勾留是此湖」的名句，再再顯出西湖的神韻，時刻令人神往。除了意境動人的西湖美景外，玉兒更渴望能親身體驗凡間生活樣貌。

抵不過玉兒的堅持，如雪只好陪著她前往西湖遊覽，他們打扮成凡人的模樣，神態自若地行走，但心門彷彿被一道強光穿透，激動澎湃不已。

雨後的空氣中瀰漫著既清爽又甜潤的氣味，波光瀲灩的湖面上，似乎籠罩著一層薄薄的霧氣，宛如柔情似水的美人蒙上一層絲綢般的面紗，嬌柔嫵媚、風情萬種，而眼前這三面環山、一水抱城的山光水色，更藏著令人難以抗拒的迷人魔力。

玉兒醉心於這般景緻，看著人間的庶民生活多姿多彩，男男女女出雙入對，因此動了凡心，忘情地在湖邊嬉戲，秀麗的風光使她流連忘返，樂不思蜀，甚至萌生了不願返回天界的念頭。

不論雪兒如何好言相勸，玉兒留在凡間的意念甚堅，雪兒自知無法動搖她的信念，便一個人落寞地返回天界。

少了雪兒在一旁耳提面命，玉兒更能安心自在從容的遊走，她一個人悠閒的漫步，不知不覺來到了一間頗具規模的廟宇，名為「天龍寺」，此乃當地百姓為了感念玉皇大帝對此地久旱賜甘霖而自發性興建的寺廟，每

逢初一、十五和民間節日，四面八方，遠道而來的善男信女都會準備各類鮮花素果前來祈福進香，此處香火繚繞、遊人熙攘，好不熱鬧。

寺院內花木扶疏、芬芳撲鼻、鳥語悅耳、環境清幽，而寺中的鎮寺之寶——玉白菜，更是深深的吸引了玉兒的目光。這棵玉白菜碩大無比，翠綠欲滴，玉綠色的菜葉閃閃發光，每百年才能生成一片。玉兒恍然大悟，原來這玉白菜就是王母娘娘在瑤池宴上的美味上品佳餚，她就是靠這道名菜來養顏美容、延年益壽。每隔百年，龍王就得向天庭進貢一片玉白菜葉，據說凡人若能喝到一滴玉白菜上滴下的甘露水，就能消災免難，而若有幸能吃上一口菜葉，哪怕只有一小口，也能百病不侵、青春永駐。龍王深怕玉白菜遭人偷竊，部屬了他的九個兒子——九條紅龍嚴加看管，不容許有一丁點疏失。玉兒在天界時就略知此事，因此戒慎恐懼，刻意保持距離，雖然她非常好奇的想親手觸摸一下那玉白菜的質地，但基於擔心自己的身份遭到識破，便不敢再越雷池一步，就此作罷。

才走出寺院大門的玉兒，就聽見牆角傳來陣陣哭泣聲，她轉身一看，發現一個神情絕望又無助的小男孩，止不住的啜泣，她上前詢問緣由，這下才知道，男孩名叫阿寶，因父親早逝，只留他與母親相依為命。某一天，母親得了一種怪病，臥病不起，他雖然想方設法尋遍名醫，但大夫都束手無策，他不知從哪兒聽到有關玉白菜能治百病的謠傳，因此決定放手一博，潛入寺院裡偷些玉白菜，為母親治病。但當他一接近玉白菜時，卻被盤據纏繞在上方那九條面目猙獰的紅龍嚇得毛骨悚然、心膽欲裂，連滾帶爬的衝出寺院大門，無助的躲在牆角哭泣。

玉兒聽了，心疼不已，見他小小年紀，孝順懂事、救母心切，內心深受感動，決定幫助眼前這個孩子取得玉白菜，雖然她知道這麼一來，自己

肯定會受到天界的責罰，但如果放任此事不管，必將寢食難安，受到良心的譴責。

她擦乾了阿寶的眼淚，叮嚀他別擔心，承諾自己一定幫忙，阿寶聽了開心不已，高興得喜極而泣，忍不住激動的跪下來磕頭道謝。

夜裡，玉兒趁四下無人，悄悄潛入寺院，不計後果的施展神力，暫時蒙蔽九條紅龍的雙眼，趁亂拔下了些許菜葉後，以迅雷不及掩耳的速度製造一陣煙霧後遁逃，隨即現身在阿寶家，要他將菜葉交給母親服用。果然，玉白菜一下肚，阿寶的母親便瞬間恢復了健康，而且比過去更加青春美麗。就在他們母子倆開心的相擁而泣時，門外來了九名大漢，玉兒知道東窗事發，紙包不住火，都還沒來得及反應，就感覺自己遭施法術，慢慢昏睡過去。

睜開眼睛醒來，玉兒已回到天界，眼前等待審問她的，除了龍王，還有她的母親金母娘娘。龍王雖然生氣，但知道玉兒起心動念是為善助人，倒是顯得相當大度，決定從輕發落，稍做懲罰即可。反而金母娘娘，認為無論理由多麼正當也不該不告而取他人之物，她向龍王表達自己身為人母的疏失，同時對於玉兒偷偷下凡、破壞天規一事感到氣憤難耐，為了讓玉兒得到應有的懲罰，金母娘娘憤怒地將她打入西湖中，讓她的軀體深陷淤泥，化做一朵蓮花，令她在水底反躬自省，修身養性，待百年玉白菜長回原貌後才有機會再入南天之門。

化身為蓮花的玉兒，傷心欲絕，後悔莫及，她雖然知錯，但為時已晚，想到讓母親如此傷心動怒，深知自己不孝無知，便也甘心受罰。自此之後，玉兒在淤泥中度過了無數個春夏秋冬，從豐沃的泥土中吸取日月精華，在沉思中虔心悔過，在覺悟中提升智慧，頓悟天道、明心見性，淬煉成一朵

「出淤泥而不染，濯清漣而不妖」的高雅蓮花，挺立於蒼穹間，自在安然地展示自己絕美秀麗的臉寵，讓塵世間增添一份雍容與清雅。

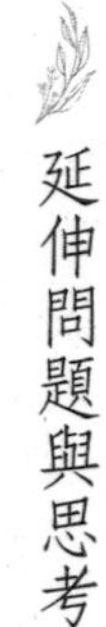

延伸問題與思考

一、玉兒與如雪兩人的關係為何？什麼原因讓她們倆決定勇闖禁區，偷偷下凡？

二、透過文中對杭州西湖景象的描述後，你能說出西湖讓玉兒與如雪如此心醉著迷的原因嗎？

三、和雪兒分開後獨自探險的玉兒去了什麼地方？在那發生了什麼事？

四、故事中的小男孩阿寶為何躲在牆角哭泣？如果你是玉兒，是否願意助阿寶一臂之力？你有比玉兒更好的方法嗎？

五、金母娘娘為何如此憤怒，將心愛的女兒打入西湖化做一朵蓮花？

六、玉兒是否認同自己的過錯並誠心接受母親的處罰？當我們面對過錯時應以何種態度請求原諒並設法改正？

七、玉兒為使阿寶的母親能恢復健康因此不告而取他人之物，屬於道德上的兩難困境，如果你是玉兒，是否有其他更可行的方法？

錢氏池上芙蓉　明／文徵明

九月江南花事休，芙蓉宛轉在中洲。
美人笑隔盈盈水，落日還生渺渺愁。
露洗玉盤金殿冷，風吹羅帶錦城秋。
相看未用傷遲暮，別有池塘一種幽。

卷四 梅花

神清骨秀 高潔嫻靜

天人永隔、香消玉殞的淒美愛情

她覺得茉莉花的香氣濃郁，過於俗氣；而菊花則過於素雅，有些隱逸；至於那些被視為是富貴之花的牡丹、芍藥等花，似乎又顯得過於華麗，有失親和，唯有梅花，含苞待放時像個嬌羞的小女孩，略帶些許嫣紅隱身於潔白微透的雪花中，盛開時散發出陣陣暗香，含蓄地向世人綻放出自己專屬的美麗。

唐玄宗與楊貴妃兩人美麗又悲淒的愛情故事可謂家喻戶曉，流芳千古。詩人白居易筆下的《長恨歌》，更以「在天願做比翼鳥，在地願為連理枝」的細膩唯美筆調，來描繪兩人堅定不移的深刻情感，他們鶼鰈情深的愛，令人為之動容、稱羨不已。而「天長地久有時盡，此恨綿綿無絕期」中的「恨」，亦道出兩人無法長相廝守的哀嘆，令人感到無奈與惆悵。

初登皇位的唐玄宗，勵精圖治，選賢與能，為唐代創造了無數巔峰盛事，堪稱一代明君。但自從楊貴妃出現後，玄宗的性格產生極大逆轉，向來勤於朝政的他，變得驕奢淫逸，成天只知沉迷美色，並聽信小人讒言，優柔寡斷，致使大權旁落到李林甫與楊國忠手中。李林甫口蜜腹劍，笑裡藏刀，而楊國忠則過度重用親信，終於引發了安史之亂，使得唐朝國力江河日下，日漸衰退，終致一蹶不振。因此後人也常將唐代禍亂根源歸咎於唐玄宗的荒淫誤國與楊貴妃的恃寵而驕。

而在楊貴妃出現之前，傳說唐玄宗其實還有一位心儀的紅顏佳人，他們的故事雖在歷史上較少被人提及，但一樣生動迷人且具有戲劇性張力。

據《中國后妃事略》一書記載，唐朝開元年間，距今大約一千二百年前，唐玄宗因痛失所愛武惠妃，終日愁眉不展，意志消沉，宦官高力士為使唐玄宗能枯木逢春、重新振作，同時藉由討好玄宗以獲得晉升的機會，便至閩南地區選美，將年僅十六歲的江采蘋帶回長安，推薦入宮。

江采蘋出生於閩南莆田，家族世代為醫。她自小跟隨家人學習藥理，九歲時更是通曉百家名著，過目不忘，琴棋書畫無一不精，年紀稍長後，愈顯綽約多姿，楚楚可人，內外兼修，以致艷名遠播，無人不知，無人不曉。

玄宗在人群中一眼就被她卓絕出眾的美貌所吸引，尤其她一身淡妝雅服，體態柔美，神采飄逸，氣質出眾，更讓玄宗一見傾心。

江采蘋特別喜愛賞花，尤其對梅花有一種深刻難以言喻的情感，她覺得茉莉花的香氣濃郁，過於俗氣；而菊花則過於素雅，有些隱逸；至於那些被視為是富貴之花的牡丹、芍藥等花，似乎又顯得過於華麗，有失親和，唯有梅花，含苞待放時像個嬌羞的小女孩，略帶些許嫣紅隱身於潔白微透的雪花中，盛開時散發出陣陣暗香，含蓄地向世人綻放出自己專屬的美麗。

為討美人歡心，玄宗命人在她的寢宮周圍種滿梅花樹。每當寒冬臘月之際，寒凝大地，大雪紛飛，萬物都染上一層雪白，此時寢宮外的梅花，

更是一株株傲然挺立於風雪中，頑強地開出朵朵潔白典雅的花瓣，千姿百態，高雅芬芳，使人神清氣爽。

江采蘋總是身著半露上肩式裙裝，腰間繫上鑲著白玉翡翠的絲綢錦帶，胸前如雪臉如花的展現其身形婀娜、面帶靈氣的優雅，在梅花樹下流連徘徊，賞花賦詩，唐玄宗不僅喜歡和她一起吟詩作對，寄情詩酒，更深深著迷於她的美貌與才氣，因此將她封為「梅妃」。梅妃的出現，讓玄宗走出痛失武惠妃的情傷，迎來生命中的另一道曙光。

多年後，隨著楊玉環入宮，梅妃逐漸失去玄宗的寵愛。

楊玉環與武惠妃在外貌上極為相似，清秀絕俗，容色照人。當她一入宮時，玄宗幾乎不敢相信這世上竟有面貌如此相近之人，因此將自己對武惠妃的思念與愛意一瞬間都移情到了楊玉環身上，神為之奪，意為之動，心為之喜。加上楊玉環多才多藝，尤其是精通歌舞，善長音律、熱愛文藝，雖然出色程度相較於梅妃只在伯仲之間，難分高下，但更帶著一份梅妃所缺乏的外向活潑氣質，與玄宗總有聊不完的話題，時不時將玄宗逗得開懷大笑、樂不可支，也因此讓玄宗對她呵護倍至，寵愛有加。

「回眸一笑百媚生，六宮粉黛無顏色」，從此玄宗的眼裡只有楊玉環一人，後宮佳麗三千人相形之下皆黯然失色。玄宗將楊玉環視為上天珍賜的一份「失而復得的禮物」，因此封其為「楊貴妃」。

唐玄宗極度寵愛楊貴妃，得知她愛泡澡，就命人在華清宮裡為她打造專屬的澡堂，使其成為第一位進入華清池沐浴的妃子，浴池周圍皆以鮮艷華麗且五光十色的珠寶裝飾點綴，同時贈與她最愛的紫晶玉鐲，讓白皙的肌膚更顯高雅。有一年，楊貴妃意外嚐到來自南方進貢的荔枝，讚不絕口，

玄宗為了討寵妃開心，每到荔枝成熟時節，不惜差官飛馬傳送，每十里路設一驛站，五里路設一瞭望台，備妥騎士駿馬，以接力賽的方式在最短時間內火速將荔枝運送回首都長安，確保新鮮多汁，風味不減。

「春宵苦短日高起，從此君王不早朝」，至此後，玄宗日日歌舞昇平，卿卿我我，耳鬢廝磨，沉溺於美人的懷抱中，再也無心於朝政，更是對梅妃不理不采。

梅妃知道玄宗的心思全在楊貴妃身上，雖然傷心難過，但畢竟是出身名門、有才有德之人，怎麼可能讓自己像歷朝歷代那些想方設法為了爭寵而在後宮明爭暗鬥的妃子們一般見識？想起玄宗過去也曾對自己百般疼愛，內心便也知足。

隨著梅妃與玄宗的見面機會逐漸減少，甚至大半年也見不上一次面，她很想表達自己的思念之情，同時也想做些讓玄宗能開心的事，但卻一直苦無機會。

當她意外得知楊貴妃十分愛泡澡，遇到天熱時，更是無法忍受身上有一絲汗意，有時一天要進華清池三次，可謂勞師動眾。基於愛屋及烏之情，梅妃特地親手採摘一籃子的梅花，命人送給貴妃，做為沐浴時提升香氣之用，並藉此表達善意。

當楊貴妃收到梅花後，便迫不及待的前往華清池入浴體驗，令她驚喜的是，這些梅花在水中的狀態，不但在外觀上賞心悅目，嗅覺上更是散發一股幽遠飄渺的清香，氣味淡雅卻持久不散，這讓貴妃欣喜雀躍、眉歡眼笑，沐浴著裝完畢後就等不及要親自拜訪梅妃，登門道謝。沒想到，一走

到梅妃寢宮外，發現門前一株株錯落有致的梅花樹，圍繞四周，美不勝收，詢問婢女之後才得知原來過去玄宗也因相當寵愛梅妃而在此種下多株梅樹以討美人歡心，因此醋意萌發、心存忌妒，便時時找機會刁難梅妃，故意在玄宗面前說三道四，使得玄宗對梅妃心生誤解，因而更加刻意冷落她，避而不見。為此，梅妃總是愁眉不展、有苦難言。

一年冬天，玄宗因受到風寒而昏迷數日、大病不起，御醫使出渾身解數都無法將其治癒，梅妃得知後，請求御醫同意讓自己為玄宗治療，她運用父親自小教她的薰蒸療法，採中藥草經煮沸後所產生的蒸氣來薰蒸身體，同時輔以溫灸薰臍療法，終於使玄宗的龍體逐漸康復。每天早晚，梅妃總是細心的為玄宗治療，她將梅花花瓣與藥材同時放入薰罐中，讓淡雅清幽的花香伴隨著蒸氣釋放出來，舒緩病痛帶來的不適感。

玄宗在梅妃細心的照料下逐漸恢復意識，大病初癒的他，看著身旁的美人兒因自己而變得憔悴不堪，心裡有些不忍，回想起過去那些和梅妃共同經歷的美好時光，如今，這些幾乎快被他遺忘的記憶，隨著梅妃對自己的細心照料後，又逐漸浮現眼前，歷歷在目。此後，他雖仍寵愛楊貴妃，但也時常懷念起梅妃的體貼與溫柔，經常暗地裡召幸她。

生性狷苛又善於嫉妒吃醋的楊貴妃知道此事後，更是怒目咬牙，心頭火起，將梅妃視為眼中釘，時不時藉機找她麻煩。

基於保護梅妃，加上玄宗的確對楊貴妃寵愛異常，因此他承諾今後將不再召幸梅妃，梅妃得知後，心裡相當難過，終日鬱鬱寡歡，傷心欲絕。

為了轉移注意力及消磨時間，梅妃決定將自己從三人情感的拉扯中脫離出來，在梅花樹的陪伴中，完成了無數詩詞歌賦的創作，其中以《謝賜

珍珠》、《樓東賦》、《一斛珠》等文享負盛名，文筆優美流暢，意境清麗溫婉，堪稱一代才女。

安史之亂時，安祿山與史思明向唐朝發動戰亂，致使唐朝國力由盛轉衰，玄宗在兵荒馬亂中帶著楊貴妃西逃入蜀，並下令全力協助梅妃逃脫，確保其安全無虞。事事難料，梅妃都還沒來得及逃出寢宮，就慘遭叛軍所殺，宮中倖存的婢女在荒亂中將其屍骨埋葬於梅花樹下，以慰其靈得以安息。

「六軍不發無奈何，宛轉蛾眉馬前死」，玄宗在官兵的逼迫下，賜死楊貴妃，兩個曾經放在心上疼愛的女人，如今都天人永隔，香消玉殞，玄宗失魂喪魄、悲痛難耐，也許，只有白居易筆下的「鴛鴦瓦冷霜華重，翡翠衾寒誰與共」，最能表達心中失去摯愛的傷痛。

後人想到梅花時，不禁聯想到梅妃，其一生高潔嫻靜的品格與神清骨秀之風韻，也充的道盡了梅花的姿態及香氣的特殊性。

延伸問題與思考

一、原本堪稱一代明君的唐玄宗，為何最後引發安史之亂，使得唐朝國力日漸衰退，終致一蹶不振？

二、江采蘋因何種機緣入宮？她有哪些才華及性格特色是你所欣賞的？

三、唐玄宗如何寵愛楊貴妃？他做了哪些事討美人歡心？說說你對一國之君這樣的作為有何看法？

四、唐玄宗因迷戀美色而無心朝政，你覺得這是一種負責任的態度嗎？生活中是否存在使你極度沉迷以致廢寢忘食而影響正常生活作息的事？如果有，該如何調整改變？

五、梅妃與楊貴妃兩人在性格上有何差異？哪一種是你相處起來覺得較為舒服的特質？試著分析自己的人格特質以及你所了解的自己。

六、梅妃遭受唐玄宗冷落時如何調整心情？她又做了哪些事情轉移自己悲傷難過的情緒？

七、當你心情鬱悶時，可以透過什麼方式轉移難過的情緒並提振能量？試分享你曾試過的有效方法。

八、梅花是我國的國花，你知道它所象徵的精神意涵嗎？

九、台灣有哪些縣市適合賞梅？試著分享你去過的賞梅景點。

十、梅花不僅有觀賞價值，梅子更具食用價值。試著說說梅子能用於哪些料理？又或者你有何新的發想與創意？

詠紅梅花　清／曹雪芹

疏是枝條豔是花，春妝兒女競奢華。
閒庭曲檻無餘雪，流水空山有落霞。
幽夢冷隨紅袖笛，遊仙香泛絳河槎。
前身定是瑤臺種，無復相疑色相差。

卷五 薰衣草

群星閃爍 流光飛舞
真摯迷人的純真情誼

遙遠的天邊突然閃出一道奇異的光芒，好似滿天繁星向他們灑下無限的祝福，群星閃爍、流光飛舞中，琳娜的髮色瞬間轉化成一團光霧，滲透到每一朵薰衣草的花瓣上，閃閃發光。

從那一刻起，紫色，就成了薰衣草最典型的代表色，據說，這是愛情最真摯迷人的色彩。

百多年前，法國普羅旺斯南邊，一個寧靜的小村莊裡，一對夫妻迎來了他們生命中的第一個孩子，琳娜。

琳娜的母親臨盆時，親友們望眼欲穿，在產房外殷切盼望，村民們顧不上手中的農忙，興沖沖前來湊熱鬧，一同參與這溫馨的時刻。

在這個情感緊密、人數屈指可數的小村莊裡，迎來新生命，可是件大事。大家右手抱隻雞，左手牽隻羊，懷裡揣著自家種植的蕃茄蘿蔔和現擠的牛乳，爭先恐後的在庭院翹首以待，準備在第一時間送上禮物與祝福。

歷經一番辛苦的折騰後，琳娜終於出生了，響亮的哭聲讓在房外等候的親友們彷彿心上石頭落了地，發出欣喜的歡呼聲，但當產婆將琳娜抱出房外時，眾人不禁面容失色，竊竊私語，有的人甚至不發一語，嚇得拔腿就跑。

原來，琳娜出生時的樣貌極為奇特異常。她並非如大家所期待與父母有著相同的金髮碧眼，取而代之的是滿頭嬌柔淡雅的紫髮，雖然請來醫術高明的醫生確認其健康狀況良好，但與眾不同的髮色不僅使琳娜的父母百思不得其解，也讓村裡的人紛紛傳出她是「怪胎」、「惡魔轉世」及「邪靈」的種種謠傳。

基於對孩子的愛，琳娜的父母並沒有用特殊的眼光看待這個孩子，他們盡心盡力的照顧琳娜，對她百般呵護疼愛，但村裡的人可不同，他們看到琳娜就紛紛閃躲，更不許自己家的孩子接近，雖然不是每個人都相信那些謠傳，但大多相信與她靠得太近將會帶來厄運，眾人異樣的眼光在琳娜的成長過程中扮演著相當重要的角色，琳娜只要一走出家門就覺得渾身不自在，雖然父母總說，她是上帝精心的傑作，並且從小就教她學會欣賞自己的獨特、善良與美麗，但那一雙雙不友善的眼光著實讓琳娜無法坦然接受自己奇特的外貌，隨著年紀增長，她變得敏感、封閉且孤僻。

多半的時間，琳娜足不出戶，將自己鎖在屋內看書，覺得心情煩悶時，就趁著村民結束一天的農務回到自己家中，外頭空無一人時，她才緩步走向院前大樹，靜靜坐在樹下，倚靠著粗大樹幹，在無人干擾的大自然裡，享受自己與天地的獨處。

時光飛逝如白駒過隙，琳娜轉眼間已成亭亭玉立的少女，十二歲生日這天，村裡一位擅長占卜的先知來訪，告訴琳娜的父母，如果讓她繼續留在村裡，不僅雙親及弟弟將遭厄運，生命不保，就連整個村莊都會受其牽累，屆時將發生慘絕人寰的悲劇，所以堅持將她趕出村莊，以避禍患。

面對自己的愛女，琳娜的父母萬般不捨，悲痛難耐，但先知和村民們

的強勢堅持，加上顧及兒子安危，夫妻倆入不知所措陷入膠著，他們無法確定事情是否將如先知所預言這般嚴重，但對於不採取任何作為而可能帶來的後果也自覺無力承擔。經過幾夜的輾轉難眠後，他們做出了讓琳娜離開村裡的決定，除了交待她務必好好照顧自己、堅強的活下去外，也沉痛表達無奈與不捨。

琳娜知道父母為難，善良與貼心的她，不但不責怪父母及村民，反過來安慰：「請爸爸媽媽不要擔心，我已能獨立生活，請你們好好保重身體及照顧弟弟」。她與家人深深擁吻道別後，帶著簡單的行李，強忍著淚水，離開這個讓她充滿傷心的小村莊。

從未離家的她，拖著沉重的步伐走了不知多少哩路，也不知過了幾個白天黑夜，終於來到另一個城鎮的郊外，她在荒郊野外利用廢棄的樹枝、木板，為自己搭置一個藏身之處，並告訴自己，將以此為家，雖然簡陋，但至少能得自在，她終於遠離了那些異樣的眼光和所有對她不利的謠傳，重新生活，呼吸新鮮自由的空氣。

失去家庭依靠與父母呵護的琳娜只能自食其力，獨當一面，她到鎮上試著尋找工作謀生，都屢遭拒絕，弱小的她，做不了粗活，就算能做，雇主也無意聘用，此外，鎮上的人也同樣因她的一頭紫髮而將她視為怪胎，避之唯恐不及。原本以為換了地方生活，就能遠離那些令人傷心的偏見和言論，顯然這是她一廂情願的想法。找不到工作養活自己的琳娜，為了填飽肚子，只能暫時在野外摘採果子充飢或是沿街撿拾被丟棄的剩餘食物。

有一天，琳娜在郊外，無意間發現離城鎮大約二十里路的地方，有著滿山遍野的白色小花，香氣撲鼻，淡雅溫和，她在花海中翩然起舞，忘掉了飢餓與煩惱，感受著花朵所帶來的力量與歡愉，此刻的她覺得安心自在

且放鬆。

小白花的香氣持久，淡而不艷，與衣物接觸後香氣久久不散，琳娜對此花愛不釋手，她為自己能發現此花感到得意，決定將其命名為「薰衣草」。

她將剛採收的薰衣草帶到鎮上叫賣，沒想到出乎意料的招人喜歡。雖然一直以來，大家看到這個滿頭紫髮的女孩都紛紛躲避，認為是不吉利的象徵，非但不願意靠近，甚至面露厭惡的表情，但潔白的花香與氣質高雅的外觀實在太誘人，吸引了愛花的鎮民掏錢購買，至此之後，琳娜每天都走上好幾哩路，到偏遠的郊外採摘薰衣草到市集叫賣，靠著賣花的收入換取食物，獲得溫飽，生活暫時安穩了下來。

村裡有一個家境貧困的小女孩名叫珍妮，她的媽媽長期臥病在床，虛弱無力，夜裡更是入睡不易，經常失眠。珍妮知道媽媽喜歡花，也知道琳娜賣的花能綻放出令人心情愉悅且放鬆的香氣，她很想買束薰衣草送給媽媽，希望她聞到花香後能早日康復，但是身上毫無分文，琳娜知道後，每天都免費送一束花給珍妮，幫助她完成小小的心願。

珍妮將薰衣草放在母親的枕頭邊上，母親竟意外的容易入睡且深眠，過了一段時間後，母親因充分足夠的休養而恢復健康，這也讓薰衣草助眠安神的消息傳遍大街小巷，更加獲得大家的喜愛。

琳娜是個帶著苦難成長的孩子，她深知被人理解和幫助的重要，心有餘力時，總是毫不吝嗇的伸出援手，希望大家能看到她內心的良善與溫暖，而不是以貌取人、疏遠甚至咒罵，所以時常身體力行的付出愛與關懷，她幫助行動不便的老爺爺摘採蕃茄，協助駝背的老奶奶打水、洗晒衣服，

也與村民一同尋找走失的白鵝，更在空閒之餘說故事給村裡的小小孩聽，僅管她的付出與善良已獲得不少人的認同，但更多的人還是無法拋下心中的成見和迷信，真心接納她，總覺得與她接觸過多會招來不幸或詛咒，不免仍保持著適當的距離。

有一天，正當琳娜在市集叫賣薰衣草時，一個穿著華麗、趾高氣昂的女孩走了過來，把琳娜手中的薰衣草一把搶走，並將她推倒在地，琳娜驚慌失措，還沒能回過神來，就聽見這個女孩拉高嗓子大喊：「哪裡來的妖怪？就憑妳也值得拿這麼典雅高貴的花？實在是太不相襯了。還不快滾！誰允許妳在這賣花？也不照照鏡子看看自己長什麼樣？」

琳娜傷心難過極了，就在她遭到欺負時，沒有人站出來為她說話，大家不是視若無睹，就是紛紛躲避。原來這女孩是鎮長的女兒，礙於權威，誰也不敢得罪，更何況大家本來多少就對琳娜心存恐懼，在這種緊要關頭，自然是多一事不如少一事。

琳娜強忍著淚水，快速逃離市集，她發瘋似的一路狂奔，淚如雨下、泣不成聲，不知跑了多久，她終於感到疲累不堪，軟弱無力的癱坐在地上。

這時，迎面來了一個俊俏的男子，緩緩走近安慰她，發自內心的關懷讓琳娜感動不已，除了她的父母外，這世上從來沒有一個人對她如此溫柔體貼。等琳娜情緒平緩過來後，才發現男子的雙眼失明，這讓她非常傷心，心想著，這樣一個溫暖的男孩竟然什麼都看不見，相較之下，她覺得自己幸運多了。

琳娜擦乾淚水，她告訴自己上帝其實待她不薄，除了給她備受考驗的髮色外，並沒有少給她什麼，她有明亮的雙眼、健康的身體、靈活的頭腦

及一顆善良的心，應該感恩知足了。當下她決定，從此刻起，要充當男孩的眼睛，將自己所看到的一切，分享給這個男孩。

琳娜每天清晨為男孩準備一束薰衣草，男孩雖然看不到花的顏色，但是透過觸覺與嗅覺來感受花的形體及香氣，便深知薰衣草的獨特迷人，就如自己身邊這個女孩一樣。每天黃昏時，他們一同坐在樹下，琳娜說故事給男孩聽，分享她過去的生活經歷及感受，她也常牽著他的手，領著他感受各種事物的樣貌及形體，漸漸地，他們成了彼此生命中最重要且不可分割的一部分。隨著兩人相處的時間增多，感情也更加濃厚。男孩知道自己愛上了琳娜，而琳娜也有著相同的心意。

男孩的生日即將到來，為了給他一個驚喜，琳娜過去的一個月來，每天一早天未亮就上山採花，她存了些錢，買了毛線，親手為男孩織了一件毛衣當作生日禮物。

這一晚，當她快織好毛衣時，莫名覺得疲累不堪，竟不知不覺的睡著了。

睡夢中，她隱約聽到幾個女孩吱吱喳喳的聲音。

「唉呀，看看她有多累，竟然就這麼睡著了。」

「是啊，她每天要早起採花，還要到市集叫賣，最近一個月來晚上也沒能好好休息，總是馬不停蹄的趕工織毛衣。」

「這個男孩真是幸運，雖然雙眼失明，但有這樣一個女孩陪著他，他心理肯定相當快樂呢！」

「是呀，如果她能知道沿著薰衣草原再往上走幾十哩路的森林裡，有個彎月湖，源頭泉眼所冒出的泉水為愛神的眼淚，將其滴在男孩的眼睛就能治好他失明的雙眼，那豈不是太完美了！」

「哎呀，我們又不能就這樣現身告訴她，別說她不信，說不定還不小心把她嚇死了！」

「這下該怎麼辦？我們總得想個辦法讓她知道吧？」

「感覺她快醒了，我們先離開，免得等會兒嚇著她！」

琳娜醒來，不確定自己是否做了一場夢，但回想起剛才所聽到的聲音，直覺是天使們捎來訊息，透露能治好男孩雙眼的秘密，她不但不害怕、不疑惑，反而欣喜若狂。隔天一早，她採了一大束薰衣草給男孩並告知自己將出門幾天，輕裝簡從的準備了些食物和空瓶子就隻身前往彎月湖。

經歷一番穿山越嶺，她來到天使們所說的彎月湖，找到了泉眼，小心翼翼的將水裝進瓶子後，滿心雀躍的踏上歸途。

琳娜趕在男孩生日這天回來，她告訴男孩自己取得了能治好他雙眼的泉水，男孩雖然半信半疑，但表情相當喜悅，內心充滿期待，這讓琳娜覺得欣慰，她將瓶子裡的水緩緩倒入男孩的雙眼一會兒後，男孩發現已能感受到些微的光線，泉水神奇的效果讓他們激動不已。

琳娜要男孩平躺在床上，她將瓶中剩餘的水全部倒入他的眼睛，並要男孩好好閉著眼休息，等待奇蹟降臨。

男孩閉眼休息的同時，不小心睡著了。當他醒來時，雙眼已恢復正常，重見光明。他開心的大叫琳娜，但卻久久不見她蹤影，不明去向，任他怎麼都找不著。

原來，琳娜離開了。在她決定要幫男孩治療失明的雙眼時，她也同時做好了離開的心裡準備。

她心想，或許是由於男孩雙眼失明，看不見自己的容貌，才讓他們的相處如此契合融洽，如果男孩看到她異於常人的髮色，肯定如其他人一樣，感到不安與害怕，進而躲避她、遠離她，與其再一次接受沉痛的心理打擊，不如現在默默離開，只要男孩能恢復視力，她便心滿意足。

琳娜成長過程中因髮色所遭遇的各種困境及傷害，已使她對人性失去信心，雖然她更願意相信男孩的與眾不同，內心卻缺乏十足的把握。

彎月湖的泉水使男孩雙眼恢復光明，他能看見畢生所未見的美麗景象，但卻失去他心愛的女孩。他不能明白為何琳娜就這樣無聲無息的消失，過去的日子，他雖然眼前一片黑暗，但琳娜領著他用心征服世界，而現在少了她，就算雙眼明亮，內心卻空洞無比，一點也不快樂。

就在他難過失落到近乎絕望時，猛然瞥見屋內那些擺設已久的乾枯薰衣草，他茅塞頓開，靈機一動，心想只要找得到薰衣草的來源，肯定能找到他心愛的女孩。

於是他決定動身前往郊外尋找，終於在漫無邊際的日落餘暉之際，循著香氣來到了一大片薰衣草花海，他看到遠方有一個女孩的身影，內心隱約感覺她就是琳娜。

他快步上前，大喊琳娜的名字，沒想到琳娜一發現他，驚慌失措的尖叫，轉身就要逃跑，卻被男孩一把抓住。

琳娜哭著說：「請原諒我的不告而別，我實在不想讓你看見我真實的模樣，我知道自己生來就是一個怪物，我們是註定無法長相廝守的，況且與我過度接近也可能給你帶來厄運，我不願意這樣的事發生，請放手讓我走吧！」

男孩眼眶泛淚，心疼不已的將她擁入懷中，輕柔的撫摸她的秀髮，在她耳邊深情低語：「妳實在太小看我，也對我缺乏信心。剛才那番話對我而言全是無稽之談，我既不願相信也絲毫不在意，只要我們真心相愛，什麼樣的難關都能一起克服！」

就在男孩說完這些話後，遙遠的天邊突然閃出一道奇異的光芒，好似滿天繁星向他們灑下無限祝福，群星閃爍、流光飛舞中，琳娜的髮色瞬間轉化成一團光霧，滲透到每一朵薰衣草的花瓣上，閃閃發光。

琳娜的頭髮神蹟似的變成了美麗的金色，耀眼奪目，潔白的薰衣草在光霧籠罩下華麗轉身，變幻成一片紫色柔美的海洋，從那一刻起，紫色，就成了薰衣草最典型的代表色，據說，這是愛情最真摯迷人的顏色。

真愛，不是被如鑽石耀眼炫麗而短暫的光芒所魅惑的瞬間，而是不管任何逆境都願意握著彼此的手，堅定相守，不離不棄。

真心，使靈魂相互辨識，惺惺相惜。

在愛裡，不該有恐懼與壓力，每個人都應自在安心的做自己。

延伸問題與思考

一、滿心期待琳娜出生的親朋好友們為何看到她後反而由期待轉為恐懼？

二、眾人異樣的眼光在琳娜的成長過程中帶來什麼影響？

三、你覺得村民們的迷信和態度正確嗎？如果你是村民，你會怎麼做？

四、面對先知的預言及村民們的強勢，執意將琳娜趕出村莊，你覺得這樣的做法合適嗎？如果你是琳娜的父母，你該如何使事情盡可能在不傷害琳娜的狀態下亦能顧全大局？

五、你欣賞琳娜嗎？她有哪些難能可貴的人格特質與表現？

六、琳娜發現男孩眼睛失明的當下，內心產生了哪些正向的想法？你的慣性思維中，「容易感恩知足」或「總覺得匱乏不足」這兩種想法哪個居多？

七、村民們及鎮長女兒對待琳娜的方式算不算一種霸凌？面對個人或集體霸凌時，我們能採取什麼樣的行動來保護自己？又如何行俠仗義，挺身而出？

薰衣草

茶美人

浪漫素淨雅，昂首溢清香。
無垠遍地展，紫浪紛飛揚。
骨朵呈纖柔，幽紫染雲霞。
蕙質薰人醉，高雅傲群芳。

卷六 櫻花

落櫻繽紛 粉紅嬌艷

棺木裡的母愛傳説

此後，他們調整了過去將麥芽糖以竹籤捲起直接食用的販賣方式，改以雕塑成櫻花造形後放涼轉硬，並以竹葉包裝銷售。此時的糖塊已不再是滿足口慾的美味食物，更是擁有著琥珀般晶瑩剔透色澤的藝術花朵，這款屬於他們父子兩人共同創作的藝術甜點，更是在故事性與美感兼具的同時，廣為流傳，成了京都地區佳喻户曉的美麗篇章。

距今約四百三十多年前，位於日本京都高台寺附近，一家名為「藤川」的糖鋪正式開幕。時逢春暖花開季節，美麗的枝垂櫻沿著整齊乾淨的街道嫣然盛開，落櫻繽紛，粉紅嬌豔，迎風搖曳，嬌豔欲滴，絕美的景象與周邊莊嚴肅穆的神社相互映襯，形成京都最獨特美麗的風景線。前來賞花的遊客與路過的人們，都忍不住佇足停留。

「藤川糖鋪」，這間清新雅致的日式房舍，是店家村上先生的精心設計。房屋內外整體以土木搭建而成，房頂上鋪著略帶層次的乾草，入口處的門面是整片橫向推拉的木門，門前一片雨廊，周圍繁花簇擁、綠樹成蔭。

為歡慶開幕，村上提供當天來店的客人免費試吃，同時給予買一送一

的優惠，成功的行銷手法引來大批人潮圍觀嚐鮮，將街道擠得水洩不通，「藤川糖鋪」從此聲名遠播，家喻戶曉。

說起藤川糖鋪的經營構想，得回溯至店家老闆村上的一段成長故事。

當村上還是個小男孩時，生活中最令他開心的事，就是吃奶奶親手製做的麥芽糖，那種香甜細緻的口感在嘴裡融化的滋味，使人忘卻所有煩惱，這是他童年時期最美好的回憶。奶奶過世多年後，他一直念念不忘麥芽糖的好滋味，為了找回生命中與奶奶有關的記憶連結，創新並傳承發揚奶奶留下來的好手藝，他辛苦工作存了一筆錢，在高台寺附近買下一間小小的店鋪，花了大半年時間整修裝潢，用心設計屋內每一處空間與細節，希望藉由糖鋪的經營，將幸福的美味分享傳遞。

每天早晨，當村上從睡夢中醒來，洗梳更衣用完早餐後，隨即展開製糖的準備工作。他將麥芽摻合糯米及楓糖漿，放入傳統爐灶中，以相思木做為火源，配合發酵蒸煮熬製成糖膏，待熟成後裝進散發著淡淡檜木香的木桶，使檜木的香氣充分融入其中，醞釀出香飄十里，層次多元的絕妙美味。

隨著店鋪生意愈發興隆，村上每天得投入更多時間備料以應付絡繹不絕的人潮，日子雖然忙碌，卻相當充實愉快。

某天夜裡，當村上整理好店內環境，卸下布簾正要關門打烊時，從門外傳來一位女子嬌柔微弱的聲音，請求村上賣給她一文錢的糖，村上停止了關門的動作，正想轉過身告訴這位姑娘營業時間已過，話還未說出口，卻發現眼前這位姑娘在黑暗中顯得面色蒼白，身形削瘦，體弱無力，她長

髮披肩，衣衫襤褸，眉宇之間透露著一種難以言喻的詭異氣息，令人不寒而慄。村上當下覺得難以啟齒婉拒，便轉身進入屋內，拿了一文錢份量的糖交給她，女子付了錢，深深鞠躬道謝後，一語不發的轉頭離去。

當村上接下女子所給的那一文錢時，竟感到手心中穿透一股莫名的寒意，女子的手與這一文錢的溫度都是極度冰冷的，明明就是個春風送暖的季節，為何獨她寒意不減？著實令人費解。

從那天起，每到店鋪快打烊時，女子總如魅影般，無聲無息的出現在店門口，依然是以同樣的裝扮及冰冷的手心溫度，要求買一文錢的糖。村上實在按耐不住心中的好奇，開口詢問這名女子，為何每天都這個時間來買糖，只見女子沉默不語，付錢取糖後就默默轉身離去。

第八天早晨，當村上打開錢箱時，發現裡頭多了一片榕葉和一顆種籽，村上心裡覺得納悶，何以祭奠時供在墳前的榕葉會出現在錢箱裡？而這種籽又是何物？他百思不得其解，錢箱裡的錢都是他親自經手，怎麼沒印象放進這樣的東西？隨後的幾天裡，情況依舊，他一時摸不著頭緒，便順勢將這些榕葉與種籽往後院的泥地上丟棄。

這一晚，村上在女子買完糖後，終於抵擋不住內心的好奇，一路悄悄尾隨其後，走著走著，竟來到了山寺邊的墓場。村上找到一個隱密的遮身之處，躲在暗處悄悄觀察，只見這女子走到一棵櫻花樹下，這櫻花美得讓人差點忘了呼吸，村上從未看過如此奇特的品種，忍不住定睛多看兩眼。當他還來不及回神時，女子竟瞬間化成一團火光，而後不見蹤影。他幾乎不敢相信自己的眼睛，走近一看，發現櫻花樹下，隱約傳來一陣嬰兒的哭聲，他滿臉狐疑不斷搓揉自己的雙眼，這墳場裡怎麼會有嬰兒的哭聲？仔細觀察後，發現眼下似乎又沒什麼動靜，於是他不免懷疑若非是自己幻

聽，要不就是這些日子疲累過度，才會如此恍神，一時釐不清思緒的他，搔著充滿疑惑的腦袋默默離去。

一夜未能安然入睡的村上，躺在床上輾轉反側，愈想愈覺得事有蹊蹺，不合邏輯。翌日清晨，天剛蒙亮，便急忙跑到寺廟裡，將他昨晚看到的離奇事件一五一十告訴了寺裡的住持，並領著住持一同前往墓地。到了櫻花樹下，果然又聽到嬰兒的哭聲，於是兩人合力聯手挖開墓穴，所幸泥土還相當鬆軟，不需費力過甚。打開棺木後發現裡頭躺著一個面容慈祥的女人，散發出滿滿的母愛與光輝，長相及穿著都與每夜來到店裡買糖的那名神祕女子貌似同一人，而在她身旁的，則是一個活生生的男嬰，大眼汪汪，嗷嗷待哺，口裡含著的正是村上店裡所賣的糖。

經過一番猜想，直覺棺木裡的這名女子，是在臨盆時因難產不幸去世，家人將她埋葬後，她卻用意志力奇蹟般的在棺木裡產下胎兒，保全其性命，而死去的女子已無奶水能餵養自己的孩子，於是便在每晚夜裡化成幽靈到村上的店裡買糖，藉著麥芽糖裡的營養讓孩子存活下來。至於為何祭奠時供在墳前的樒葉會出現在錢箱裡？

在住持的協助下，他終於恍然大悟，原來，根據當時的信仰與習俗，在人往生時，必須搭船渡過六道輪迴的苦海後，才能安然抵達彼岸，讓靈魂超脫重生。因此，人們習慣在葬禮時放置六文銅錢於棺木內，以作為死者渡海的船資。而那位在棺木中產下嬰兒的母親，為了讓孩子存活下來，放棄了自己能渡海超脫的機會，將銅錢全數拿來買糖，餵養孩子，直到用盡後的第七天，在無計可施的情況下，只好以墳上的樒葉取代銅錢。

將事件的各種可能性在腦中推敲一番後，村上眼眶泛淚，鼻頭微酸，

儘管眼前所看到的畫面令人難以致信，但他卻深深被這位母親的慈愛所感動，面對這個一出生就失去母親的可憐孩子，村上看著他也覺得有緣，畢竟，這個孩子生來，可是吃著他親手製作的麥芽糖存活下來的，也許這是上天的精心安排，在冥冥之中以一股神奇的力量牽引促成他們的相遇。

而就在村上靠近棺木的那一刻，嬰兒不但停止了哭泣，還展開雙臂迎向他，當下，村上決定將這孩子帶回家撫養，他在女子的墳前上香祭拜，並重新補上了六文銅錢，承諾自己定會好好照顧這個孩子，請她放下一切掛念，讓靈魂安心離開人世。

村上將孩子從棺木中小心翼翼的抱回家中撫養，並將他取名為櫻木，以紀念他在櫻花樹下安眠的生母。他將櫻木視如己出，疼有有加，並靠著經營糖鋪的收入將他養育成人。隨著時間的流逝，櫻木已漸漸長大，成了樸實文雅的有禮青年，他與生俱來的藝術天份，在成長過程中展露無遺，這不僅讓身為父親的村上感到欣慰，更是令街坊鄰居們嘆為觀止。

孝順懂事的櫻木天天跟著父親打理糖鋪的生意，閒暇之餘，便在後院石桌上雕刻作畫，有一天，正當他專注於手中的木雕作品時，一陣清風徐來，將樹上的花瓣緩緩吹落，櫻木仔細一看，才恍然驚覺已是櫻花盛開的季節，而眼前這朵花的形體樣貌是他前所未見，美得令人心醉。於是，他靈光乍現，立即衝進屋裡，取了些已熬煮好放涼的麥芽糖，加以塑形雕刻成一朵美艷立體的櫻花，這讓在一旁觀看欣賞的村上嘖嘖稱奇，曾幾何時，院子裡居然有如此美麗的櫻花，他竟渾然不知，而櫻木竟然能以麥芽糖為創作基體，這更讓他覺得不可思議。當他隨著櫻木專注於雕刻這朵花的同時，赫然想起他多年前曾經將些許種籽往院裡泥地上丟棄的情景，而眼前這美麗的櫻花，正好與櫻木生母墳前的花種一模一樣，他嘴角微揚，會心一笑，除了感到一切是如此的不可思議，也衷心感謝上天溫柔巧妙的促成。

此後，他們調整了過去將麥芽糖以竹籤捲起直接食用的販賣方式，改以雕塑成櫻花造形後放涼轉硬，並以竹葉包裝銷售。此時的糖塊已不再是滿足口慾的美味食物，更是擁有著琥珀般晶瑩剔透色澤的藝術花朵，這款屬於他們父子兩人共同創作的藝術甜點，更是在故事性與美感兼具的同時，廣為流傳，成了京都地區佳喻戶曉的美麗篇章。

直到現在，在高台寺附近的懷舊的巷弄裡，依舊能找到這款十里飄香的絕妙美味，將幾代人的兒時記憶以不變的細緻口感串連典藏。

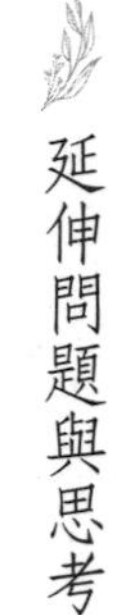

延伸問題與思考

一、村上透過什麼方式來找回童年的美好回憶？

二、藤川糖鋪所販售的麥芽糖製作工序為何？這款麥芽糖為何會大受歡迎？其中特別的元素有哪些？

三、如果你是藤川糖鋪的經營者，你會採用什麼樣的行銷方式使店鋪生意興隆？

四、母親對孩子的守護與愛是天下最動容的篇章，說說故事中這位母親令你感動的地方。

五、櫻木透過什麼方式展現其藝術天份？藤川糖鋪的經營因櫻木的創意巧思帶來了什麼樣的改變？

六、你覺得村上是一個怎麼樣的人，試著回想在故事中他所經歷的一切，用你的觀察與感受來形容他。

七、吃過麥芽糖嗎？其營養價值可能超乎我們的理解與想像，試著查找相關資料進一步了解吧！

八、生母懷胎十月苦，養父恩情重如山。對於親子關係的理解，我們是否更該跨越血緣的限制，以另一種感恩的心境對用情至深與大愛無私的情感給予應有的尊敬，溫情與回饋？

山櫻　宋／王安石

山櫻抱石蔭松枝，比並餘花發最遲。
賴有春風嫌寂寞，吹香渡水報人知。

無題　陳州祥

春迎紅櫻東域行，江籟樂音盼聽聆。
水舞盈瑩猶未止，暖起沁心汝影並。

卷七 印度阿勃勒

艷麗飽滿 滿樹金黃
純真美好、情同手足的歡快樂章

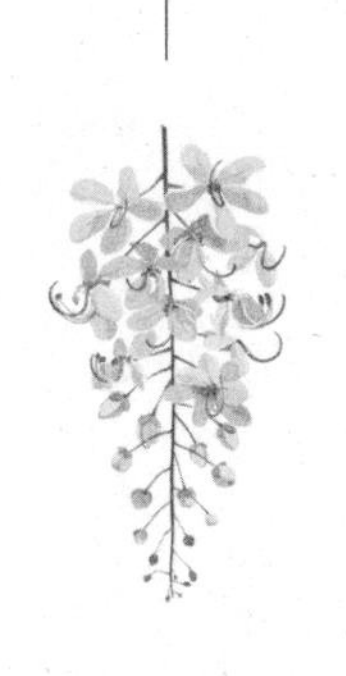

艷陽高照下，金鏈樹滿身黃花怒放，如瀑布般傾瀉而下，繽紛耀眼，奪人目光。克里希納和阿瑪達斯的歡笑與身影，如黃蝶漫天飛舞，在盛夏光年裡，譜出一段純真美好、情同手足的歡快樂章，待繁花落盡，滿樹依舊一片翠綠，生機勃勃、柔和清新。

初夏，城市裡多了些嬌嫩的貴客，滿樹金黃，順著層次依序綻放，成串成簇的花瓣掛滿樹梢，在行道樹中暈染出一片艷麗飽滿的暖陽色調。行車匆匆，藏不住深受誘惑迷醉的目光。路過的行人在一片讚嘆聲中停下急促的腳步，或捕捉墜滿枝頭的夢幻，或滿懷少女心的與之同框。

盛開無聲，消逝無痕。暖風輕拂，金黃色花瓣如綿密細雨輕緩落下，以無聲優雅之姿在虛靜的天籟中輕舞飛揚。

寰宇之美，從來無須驚擾天地，卻已然撼動人心。

印度人稱「阿瑪達斯」的金鏈花樹，原產於印度，而後移植至世界各地栽種。在台灣，即是我們所熟知有著「黃金雨」如夢似幻美稱的阿勃勒，總在炎炎夏日展露風采，等待有緣人的不約而至。

根據文獻記載，此花於唐朝時由印度引入中國，因果實貌似臘腸而在中國又稱臘腸花，更以其顏色與泰國皇室的代表色黃色為同一色，亦成為泰國的國花，足見受人喜愛之程度連皇室也難以抵擋。

說起印度，這個人類文明發祥地之一，與古巴比倫、古埃及、中國並列為東方四大古國。這個曾經創造歷史輝煌的文明古國，存在著諸多鮮明亮眼的傳奇故事與瑰麗繽紛的神秘元素。香料、瑜伽、舞蹈、宗教與種姓制度，都是為人所熟知的鮮明標誌，是談論這個國家時腦海中自然而然湧現的迷樣印象。

印度教中的三大主神，分別為梵天、毗溼奴與溼婆。梵天為創世之神，為從無到有的創造者，亦稱宇宙之王與創世之神；毗溼奴則為宇宙與生命中一股守護的力量，又稱為守護之神，或稱維護之神；而長著三隻眼睛的溼婆，為惡的代表，屬於破壞之神，又稱鬼眼王或毀滅之神。這三大主神不僅在形體上能自由變化為不同的分身，且具有至高無尚的神格，在印度諸神祇中處於頂端的地位，民間也流傳著無數與之關連的神話故事。

而金鏈花樹與印度教之間的關連，流傳著一則小小的印度傳說。

據說，在很久很久以前，印度克里希納神廟周圍，滿是一種名為考納的樹，此樹隨處可見，從未開花，更不稀有。神廟中供奉的是毗溼奴的第八個化身，克里希納，為馬圖拉地區的牧神與英雄，亦是印度史詩《摩訶婆羅多》中阿周那王子的軍師和禦者。

有一天，克里希納神廟來了一位名為阿瑪達斯的婆羅門小男孩，靈秀的氣質相當討人喜歡，他在神廟前一個人靜靜的玩著，拾起掉落一地的枝

條，用巧手編起一個能盛裝物品的籃子後滿心歡喜的離去。

隔天，阿瑪達斯又帶著開心雀躍的步伐來到神廟前，蒐集了成堆的落葉後，串成一件背心，穿在身上後得意的離去。

第三天，他用大小各異的石頭，堆壘成一棟雅緻的房子，門前小橋流水，門後群山環繞，克里希納看得瞠目結舌，他也好想和阿瑪達斯一起體驗這樣的樂趣，這可是他夢寐以求卻無法如願以償的生活體驗。

接下來的幾天，阿瑪達斯依舊風雨無阻，天天來到神廟前玩耍，每次總能玩出令人嘖嘖稱奇的新花招，克里希納興奮難耐，不願只是隔山觀海，遙遙相望，他趁廟裡的祭司離開時，化身成一個與阿瑪達斯年紀相仿的平易近人小男孩，主動請求與他一起玩耍。阿瑪達斯喜出望外，開心得手舞足蹈，一直以來，他從來沒有玩伴能共同分享樂趣、消磨時光，他二話不說馬上答應克里希納的請求，兩人就在神廟前忘情的玩耍。

此後，他們約定每天傍晚天氣微涼時在神廟前相見。克里希納在天真無憂的玩樂中找回了童心，而對克里希納真實身份毫不知情的阿瑪達斯則收穫了友誼。

隨著情誼日漸深厚，兩人以兄弟相稱，克里希納將自己手上的金鏈摘下，贈予阿瑪達斯，讓他留作紀念。阿瑪達斯心懷歡喜又略顯壓力的收下這份對自己而言相當厚重的禮物，並承諾一定會善加珍惜。他也想回贈一份禮物，表達自己珍視這份友誼的心意，於是就地取材以枝葉編成一條手環，面帶靦腆的送給克里希納，克里希納開心且感動的收下，並時時戴在手上，從未取下。

有一天，神廟裡的祭司在擦拭清理神桌時，赫然發現克里希納神像戴在手上的金鏈不見了，取而代之的是一條以枝葉編成的手環，他神色慌張，驚恐不已，認定是小偷所為，趁他不在時潛入神廟偷走，還試圖移花接木，狸貓換太子。祭司大動肝火，怒不可遏，下令村民們協尋並提供相關可靠的情報，而後挨家挨戶進行地毯式的搜查。

沒多久，祭司就在阿瑪達斯家中找到了金鏈，人贓俱獲，罪證確鑿，令他百口莫辯。他慌亂地解釋著是每天在神廟前與他一同玩樂的男孩送給自己的禮物，極盡所能的描述這個男孩的外貌與特徵，並說明自己也回贈克里希納一條用枝條編織的手環，然而，不管阿瑪達斯說得多真實生動誠懇，都沒有人願意相信有這樣的一個小男孩存在，一心只想定他的罪。

為了洗清自己的罪行，他請求再度來到克里希納神廟，他知道克里希納每天都會來到神廟前與他玩耍，於是一行人跟著他靜靜的在神廟前等候，以待真相水落石出。

等著等著，天空不知不覺暗了下來，克里希納始終沒有出現。心急如焚的阿瑪達斯不知所措，不等他開口辯解，祭司已決定治他重罪，阿瑪達斯心驚膽顫，無助難過的流著淚，情急之下，緊握著金鏈轉身逃跑。

他邊跑邊祈禱克里希納能快快出現，讓這一切誤會撥雲見日、水落石出，無奈卻事與願違，就在一行人快追上自己的時候，他緊張失控的尖叫，一不小心將手中的金鏈甩了出去，吊掛在考納樹上，剎那間，奇跡發生了，金鏈變成了串串花朵，耀眼的金黃花瓣在樹梢瞬間綻放，使得黑燈瞎火的樹林如東曦既駕，重現光明。

祭司恍然大悟，原來送給阿瑪達斯金鏈的小男孩就是克里希納神，於是他誠心乞求克里希納神的寬恕及阿瑪達斯的原諒。

此後，原本不開花的考納樹，每年就在這個時節全然盛開，花期的長度，與兩人曾經一同玩樂的時間等長。當地人將這種串串黃花視為友情與吉祥的象征，同時也將之視為克里希納神的化身，並將因金鏈垂掛而綻放的考納樹，改稱為金鏈花樹。

艷陽高照下，金鏈花樹滿身黃花怒放，如瀑布般傾瀉而下，繽紛耀眼，奪人目光。克里希納和阿瑪達斯的歡笑與身影，如黃蝶漫天飛舞，在盛夏光年裡，譜出一段純真美好、情同手足的歡快樂章，待繁花落盡，滿樹依舊一片翠綠，生機勃勃、柔和清新。

花開無聲，歲月無痕。
春樹暮雲，以思遠方友人。

延伸思考與討論

一、阿勃勒原產於何地？又有哪些不同的名稱？試描述其外形。

二、印度教中的三大主神分別為何？

三、克里希納神廟供奉哪一位神？祂是誰的化身？

四、阿瑪達斯在神廟前做哪些事情，以致使克里希納最後忍不住現身與他一起玩耍？

五、祭司清理神廟時赫然發現原本戴在克里希納手上的金鏈憑空消失，取而代之的是何種物品？祭司當下心裡產生什麼樣的想法？

六、面對遭人誤會時，我們是否能在「理直氣和」的狀態下條理分明，態度堅定，語氣平穩且充滿勇氣的為自己辯解？而不是默默委曲承受不白之冤？

七、真心的友誼是上天溫柔的賜予。面對他人真誠付出的情誼，我們是否能珍惜感恩，並禮尚往來？

詠阿勃勒　余光中

一盞盞，一串串，多少燦爛的金吊燈，
初夏就這麼隨隨便便地，掛在行人的頭頂，
害得所有的眼睛，驚喜中所有仰望的眼睛，
像飛進童話的蜜蜂一樣，都恍惚迷路了。

卷八 油桐花

白玉若雪 翩然起舞

同心協力共振紙傘家業的恩愛夫妻

每年四至五月，油桐花開，為期約三周的花期，隨風飄揚的雪白美景，帶領著村民們瞬間進入迷幻浪漫的夢境，於是，花祭時節，家家户户總在門前雨廊懸吊著造型獨特、色彩各異的燈籠用以祈福及裝飾，遠遠望去，美得像一幅色彩鮮明的田園山水畫。

雲朗峰的神摩山腳下，有一個寧靜富足的小村莊，人稱油桐村。

村莊南面，是一望無際的金色麥田，微風徐來之際，掀起層層麥浪，滿園紛飛，成熟麥穗隨風搖曳，空氣中飄散著陣陣麥子的清香。

村莊北面，群山包圍、綠樹環繞，在翠綠松柏與油桐花樹的掩映中，整齊的紅屋瓦房與麥桿堆疊的草屋縱橫交錯。每年四至五月，油桐花開，為期約三周的花期，隨風飄揚的雪白美景，帶領村民們瞬間進入迷幻浪漫的夢境，於是，花祭時節，家家戶戶總在門前雨廊懸吊造型獨特、色彩各異的燈籠用以祈福及裝飾，遠遠望去，美得像一幅色彩鮮明的田園山水畫。

村莊的東西兩頭，各有一條清澈溪流，是村民們賴以維生的母親河，清甜可口的泉水汩汩而流，登高遠望，彷如仙女絲綢般的錦帶繫在村子兩

端，翩然起舞，氣吐霓虹，華麗中又不失優雅。

傍晚時分，村子上空炊煙裊裊，雲霧環繞，婦女們忙著張羅晚飯，此時，縷縷青煙在夕陽的餘暉中升騰飄散，伴隨著孩子們玩耍打鬧的嘻笑聲，喜悅富足的感動全洋溢在幸福的臉上。

村南，有個俊俏的善男子，人稱浩亮，是家中的獨子，從小跟著父母學習製作紙傘，自父親手中傳承了祖輩留下的獨門工藝，協助父親經營傘鋪的生意，除此之外，由於他身強力大，閒來之餘也靠砍柴額外賺些酬勞，生活倒是豐衣足食。浩亮聰明能幹、善良勇敢，為人誠懇踏實，做事勤快積極，侍奉雙親更是竭盡心力，是村裡人人稱讚的好青年，平時工作之餘，更是勤練箭法、打獵捕獸，其箭法一流，堪比后羿。

村北，有個惠質蘭心的溫婉美人兒，名為旂兒，精於繪畫、擅長女紅。是家中的獨生女。旂兒性格活潑開朗，溫柔賢淑，平時喜愛撫花弄草、怡情養性。父母將旂兒視為掌上明珠，雖然希望能儘早為女兒覓得一門好親事，內心卻難掩不捨。旂兒反倒樂得開心，對她而言，只要能陪在父母身邊，就算是自己的人生大事也可暫放一旁。

男大當婚，女大當嫁，身邊想上門說親撮合的媒婆不計其數，只可惜兩人總是以百般理由推拖，婉拒媒人婆們的古道熱腸，如此一來，自然總是擦身而過，良緣難成。

這一天，浩亮依照慣例，在家中用完早餐後，帶著工具上山砍柴，行至中途，眼前突然出現一隻小鹿，浩亮一時見獵心喜，便張弓搭箭，一箭精準的射傷了小鹿，小鹿負痛狂奔，不時發出疼痛的哀嚎，浩亮一路尾

隨其後，跟著小鹿來到神摩山腳下無底潭的水潭邊，此時，旂兒正在潭邊洗衣，小鹿虛弱無力地倒在旂兒身旁，發出痛苦的呻吟，旂兒見狀，心疼不已，輕柔地將這隻可憐的小鹿抱在懷中，眉宇間透出的憐惜之情不言而喻，而這一幕，恰好被追隨而來的浩亮親眼目睹，他見眼前這名女子，對待被自己視為獵物的小鹿如此呵護心疼，深受感動，內心一陣愧疚感由然而生，便急忙前去拔出小鹿身上的箭，為牠止血敷藥。

經短暫交談後，才發現，原來彼此就是媒人婆們欲極力促成的對象，兩人先是感到莫名有緣，接著相視而笑，眼神中透露出一股難以言喻的默契。隨著時間的推移，兩人愈發日久生情，旂兒愛慕浩亮的英勇及誠懇，浩亮醉心於旂兒的溫柔體貼、善解人意，此後，兩人便時常利用空閒之餘在潭邊相會，傾訴愛意，分享心事，半年後，心心相印的兩人決定白首偕老、共度此生。

雙方父母欣喜不已，他們樂見其成，喜上眉梢。就在兩家開心的張羅喜事時，村裡來了一位惡霸，人稱虞平。據說是個有錢有勢的大地主，脾氣暴躁、品行敗壞，成天花天酒地，出手闊綽，他老早就聽聞旖兒的美貌可比天仙，於是不遠千里拖著一馬車的金銀珠寶要來帶走旖兒，納她為妾。想當然，別說是旖兒本人不同意，疼愛她的父母又怎麼可能將自己的女兒推入火坑？兩老自然是同一口徑的反對到底，旖兒表明自己心有所屬，即將與浩亮成親，面對眼前的各種威逼利誘都不為所動，不肯屈就。

沒想到，虞平怒火中燒，心想這些人是敬酒不吃吃罰酒，軟的不成，只好施硬，內心暗下決定要橫刀奪愛，將旖兒占為己有。他在某天夜裡，趁著四下無人時，偷偷潛入旖兒家中，將她五花大綁，架上馬車後逃逸。

旎兒的父母從夢中驚醒，發現女兒莫名其妙遭到綁架，扯開嗓子四處尋求救兵，驚動了所有熟睡中的村民，大家燃起火把，紛紛出外協尋。

而花容失色的旎兒，被綁上馬車後一路尖叫求救，途經山腳下的無底潭時，淒厲驚恐的叫聲喚醒了正在潭邊熟睡的小鹿，小鹿直覺旎兒有難，立即起身往浩亮家飛奔，牠用力撞擊浩亮的大門，發出從未有過的怒吼聲，示意要浩亮跟在自己的後頭，浩亮發現小鹿的眼神怪異，直覺旎兒出事了，於是當機立斷，背上弓箭，策馬狂奔，在小鹿的帶領下，千鈞一髮從馬上射下虞平，救回旎兒。重摔落馬又中箭負傷的虞平落荒而逃，從此消聲匿跡，不再囂張跋扈。

歷劫歸來的旎兒，雖說身體上毫髮無傷，但由於驚嚇過度，心理受到的衝擊不小，躺在床上休養了好些時日，久久不能恢復體力正常生活。幸虧有浩亮在一旁細心照顧，數個月後，旎兒終於笑逐顏開，恢復了原有的笑容與活力。

原本兩家的親事因為虞平這天外飛來一筆而暫時停擺，眼看著旂兒已康復完全，雙方父母又開始安心愉快的張羅喜事，火力全開。

終於到了迎娶的大喜之日，這一天，良辰吉時一到，浩亮春光滿面，率馬領著儀仗前往迎娶，所到之處家家戶戶張燈結彩同慶，恭喜之語此起彼落。旂兒一身紅妝，拜別父母後，眼眶泛淚帶著不捨之情坐上前來迎娶的繡花大紅轎，一路上鑼鼓敲敲打打，從山北到山南，圍觀看熱鬧的村民不計其數，終於，浩亮將旂兒娶進了家門，在供案前舉行結婚大典，拜完天地祖先與父母後，兩人正式結為夫妻，有情人終成眷屬。

婚後的生活，平實且幸福。兩人分工合作，攜手並進，浩亮專心經

營傘鋪的生意，旂兒則成為他的賢內助，張羅並打理家中大小事，同時運用自己的藝術天份，為原本樸實的紙傘增添更多的美感，這也讓傘鋪的生意愈發興隆，村民總笑著說：「旂兒手繪的紙傘拿來當藝術品收藏更有價值」，這番話，著實將旂兒逗得笑不攏嘴、花枝亂顫。

接二連三出生的孩子，讓家中的氣氛更顯活潑熱鬧，為了讓大家衣食無虞，浩亮更是賣力工作，享受這最甜蜜的負擔。

一年春天，暴雨大作，接連下了三個月，天空就像忘了關上匣門的水庫洩洪，暴雨不但讓田裡的麥子泡成一攤爛泥，也嚴重影響村民的日常生活，少了收成，來年的日子肯定不好過，大家縮衣節食、省吃儉用，這也使浩亮傘鋪的生意受到影響。別說大家不願意花錢買傘，就算買了，那紙糊的傘豈能擋得了猛烈暴雨？每用一回就折損一回，這使得原本大受好評的紙傘在品質上也備受挑戰，生意每況愈下。

所幸，浩亮賴以維生的專長不只製傘，他還能靠砍柴打獵度日，相較於那些專心務農，得靠老天爺臉色吃飯的村民，浩亮顯得幸運多了。他暫時結束傘鋪的經營，專心靠砍伐木柴，賣給城裡的達官顯貴製做家具，也算小有賺頭。

連月的暴雨似乎綿綿無絕期，滿樹的油桐花散落一地，群花掉落在地上近看遠比高掛樹梢來得更美更具詩意，宛如在樸實的大地鋪上一張雪白華麗的地毯。

據說，桐花的雄花與雌花同時並存於一棵樹上。雄花獻出花粉，使受粉後的雌花為結成果實做準備，這過程需要極多的養分，單靠樹木本身遠

不足提供。於是，偉大的雄花們，決定群體凋落，將樹木的養分留給雌花，以奉獻成全新生，在壯烈、柔美的善意中，實現了自我的價值完成。

數周後，雨勢稍弱，旂兒開心的帶著孩子到戶外賞花踏青，孩子們看到滿山遍地的油桐果實愛不釋手，情有獨鍾，竟情不自禁的撿到不知收手，險些將家中的倉庫堆滿，這些果實成了實用有趣的童玩，旂兒用這些果實教孩子們數數、製成裝飾品，看上去還能發揮不少用途。

一天，浩亮興沖沖的跑回家，急著向家人報告好消息。他聽聞油桐花的果實似乎能榨出油脂，心想若此傳聞為真，那未來可是筆大買賣，畢竟滿山遍地的油桐花可是此處絕無僅有的特產。一家人半信半疑又躍躍欲試的撬開堅硬的果實，取出油桐子，放入圓形的杵臼中，壓碎研磨，不用片刻，一股特殊的香氣伴隨著茶色般的油脂如湧泉般不停溢出，孩子們開心得手舞足蹈，高喊萬歲，浩亮更是歡喜不已，開心自己意外得到了這個好消息。眼看發財在即，激動難耐，他好奇地用手指沾了一口油放入嘴中，不禁皺起眉頭，抱怨這花真是美感超越口感，視覺滿分無疑，但滋味真是令人退步三舍，小生怕怕呀！

約莫過了半個時辰，他感到一陣噁心腹痛，胃部灼熱，請來大夫看診後確認輕微中毒，瞬間，這筆賣油生意的構想，就像煮熟的鴨子飛了，半點都別奢望！所幸浩亮只嚐了一小口，加上平時身強體壯的他，休息片刻便能恢復元氣。旂兒驚魂未定，擔心孩子們誤食，急著想處理掉眼前這鍋油，二話不說端起油鍋，往院子走去，驚魂未定的她心神不寧，不小心跌了一跤，於是整盆油鍋就這麼不偏不倚的灑在成堆的紙傘上，真是屋漏偏逢連夜雨，禍不單行！話說回來，眼前這些傘雖已擺放多時無人問津，但畢竟也是他們夫妻的心血結晶，眼看著就這麼毀在自己手裡，真是萬般不

捨，心疼不已。一時片刻拿不定主意的她，選擇暫擱一旁置之不理。

連月來的暴雨或許因疲累也不得不停歇，好不容易迎來了艷陽高照，村民們終於得以喘息，展現許久不見的笑容，整個村莊也恢復了生機。

旂兒將家中因連日多雨而潮溼到近乎發霉的被子拿出來晒太陽，順便打掃整理家務，意外瞥見那些擺放已久的傘，忍不住長嘆一口氣，心想這些傘估計不是快爛掉也已經霉斑點點了，長痛不如短痛，決定心一狠，將其全數銷毀，沒想到，令人意外的事情發生了，紙傘的表面，竟然摸起來有一種平滑的觸感，彷彿沾抹了一層防水塗料似的，完好無傷，她趕緊叫來浩亮，開心的說：「你說的沒錯，我們就要發財了！」

當浩亮還丈二金剛摸不著頭緒時，旂兒已備好幾個大大的麻袋，準備帶著一家人出外撿果實囉！

半年後，他們的傘鋪重新開張，每把手工紙傘在旂兒的巧手繪製後畫龍點睛，出色典雅，塗上一層油桐花子油後，防水性極佳，品質堅實耐用，成了遠近馳名的「油紙傘」，此後，就算連年大雨傾盆，傘鋪的生意也絲毫不受影響！

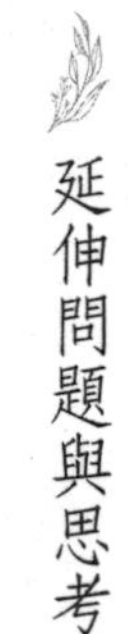

延伸問題與思考

一、你喜歡故事中的油桐村嗎？試著用自己的言語描述油桐村的景色及村民的生活狀態。

二、浩亮與旂兒兩人因何種因緣相識並結為連理？

三、你是否和旂兒一樣愛護動物？若在路旁意外發現受傷的動物，你會怎麼做？

四、虞平追求旂兒的方式正確嗎？如果不正確，他犯了哪些錯誤致使旂兒不願意接受他的心意？

五、浩亮在紙傘生意大受天候影響時還能使生活保持相對安穩不受影響的秘訣是什麼？

六、浩亮在製油過程所具備實驗精神固然可佳，但在大膽之餘，面對不確定的情境時，我們更應該確保安全，小心謹慎。試著想想生活中有哪些事情是必須膽大心細的呢？

憶油桐

王瑞顯

花正開，晚風來，
幽韻清香費疑猜，
月正圓，藍橋邊，
朱扉半掩，桐花拂面，
念念念。
雪絲白，顏色改，
花落尋妳在不在？
輕聲嘆，錯流年，
謝月相憐，夜不肯圓，
年年年。

卷九 木棉花

滿腔熱情 紅妍如火

守護潮州古城平安與美麗的父母官

韓江兩岸盛開的木棉花，則成了潮州的市花，在春天細雨如絲時，參天古幹抽出嫩綠枝芽，如無暇的翡翠墜滿枝頭，隨後在晴空中綻放滿腔熱情，如朝霞般紅妍如火。而熱戀中男女的身影，更是不時在韓江邊出現，他們呢喃低語，傾訴愛意，彷彿迫不及待要他老人家成為甜蜜愛情的見證者。

元和十四年元月，距今約一千二百年前，唐憲宗因崇道信佛，親率宮女大臣數十人，至護國寺恭迎釋迦摩尼佛骨進宮供奉，並計畫數日後再將佛骨送往京城各寺廟供百姓膽仰。

此事普天同慶，舉國歡騰，男女老少皆籠罩在恭迎佛骨盛事的狂喜中，無一不以信佛為榮，許多人為了親迎佛骨而廢寢忘食，耽擱荒廢日常工作與作息，更甚者竟以火焚頂、耗盡家產，競相追逐形而下的禮佛儀式，將佛教更至關重要的形而上真理置若罔聞，眼看著瀕臨脫序崩壞的生活節奏將引來無法想像的危機，身為刑部侍郎的韓愈，懷抱著憂國憂民的心情，冒死以《諫迎佛骨表》上書皇帝，內容援引了梁武帝在位四十八年期間曾三次捨身施佛，日後卻遭困守臺城，終至餓死而導致亡國的慘痛歷史教訓，希望以此告誡憲宗萬萬不可因供奉佛骨這一荒唐的舉動而危及國家的存亡，重蹈復轍。

不料，韓愈此舉簡直是澆了聖上一盆冷水，非但惹來龍顏大怒，更隨即下令將他處以極刑，幸虧朝廷眾多明理有志之臣不惜以死上諫替韓愈求情，請求皇上法外開恩，念及他忠肝義膽，一片赤誠，這才讓皇上的情緒稍稍平復，對此網開一面。

死罪可免，活罪難逃。

憲宗一紙詔書，下令將韓愈貶官至數千里外的廣東潮州為刺史。對於生在中原、長在中原的韓愈而言，潮州這個地方從來不在想像之列，腦海中浮現的除了陌生與遙遠的意象外，更多了份未知的恐懼。

潮州，歷屬嶺南道，瀕臨南海，在《舊唐書》中記載著此地因潮流往復而得名。

古代的中國嶺南被稱為南蠻之地，而潮州自古更是偏僻荒涼的「蠻煙瘴地」，不但是用來流放罪人的集中營，更是懲罰貶謫罪臣的首選之地，不少歷代的名公巨卿都曾被遠貶至此，因而不難感受到韓愈內心的不安與焦慮。

「一封朝奏九重天，夕貶潮陽路八千；願為聖明除弊事，肯將衰朽惜殘年。」

在古代，身為朝中大臣，一心忠誠效命皇帝，生當隕首，死當結草。能夠免於抄家滅門的殺身之罪，保全性命以傳後，就算是流放到邊陲蠻荒之地，除了感念皇上恩澤深厚，似乎也沒能有更多餘的想法了。

州。

就這樣，韓愈因言獲罪，以待罪之身，一路向南，遠赴八千里外的潮

在大雪紛飛的陰冷冬日裡，他步履蹣跚，滿面愁容，惡劣的天氣也敵不過內心的萬念俱灰，他從沒想過自己到了晚年，竟會因感懷國事而遭到謫貶，落得如此不堪的淒涼下場，不禁老淚縱橫、悲從中來。

他與妻女整頓了行李家當後，便出發趕往潮州赴任。途經藍關時，大雪紛飛阻路，不但馬兒前行困難，原本身體虛弱的女兒更是不堪車馬勞頓、日夜趕路而病死途中。韓愈悲痛不已，原本沉重的心情更是雪上加霜，他命馬車停靠路旁，悲痛萬分地將女兒安葬後，就被隨從催促上路，以免耽擱行程。

一路上，他沉默寡言，目光呆滯且不眠不食。仕途不順又痛失愛女的韓愈，在年過半百的時刻，身心靈瞬間遭受如此巨大的打擊，亦是生命中無法承受之重。

一路跋山涉水，歷經了約二個多月，終於來到廣東羅定地區，這一路的勞累，加上水土不服所帶來的身體不適，對於年事頗高的韓愈而言可謂痛不堪忍。當馬車即將抵達潮州時，其內心的恐懼感已達到了巔峰。

「下此三千里，有州始名潮。惡溪瘴毒聚，雷電常洶湧。鱷然大於船，牙眼佈殺儂。州南數十里，有海無天地。颶風有時作，折簸真差事。」

關於對朝州的描述，就字面上聽來，也足以令人膽裂魂飛，毛骨悚然了，雖有當地官員們的惺惺相惜，不斷安撫他的不安與低落，但對韓愈而

言也只是枉費心機，無濟於事。

新官上任，迎來的不是風調雨順，晴空萬里，而是大雨成災，洪水泛濫。

疲累的身心都還沒能妥善安頓，卻只見雷聲響起，白霧茫茫。城門北面山雨來勢洶洶，眼見不設山拱則無法圍堵洪水的猛烈攻擊，屆時將損失慘重，民不聊生，於是他策馬狂奔，來到了城北處勘查水勢與地形，並吩咐隨從緊跟其馬後，在所到之處插上竹竿，作為堤線的標誌，隨後更命百姓們依著竿標築堤，拱出了一條山脈，因而有效的阻擋了北來的洪水，徹底解決了歷年來百姓們所遭遇的水患之苦。

屋漏偏逢連夜雨，才解決了水患之苦，隨之而來的大問題，更是令人聞風喪膽。城裡百姓們賴以維生的大江，不知從哪冒出不計其數的鱷魚，如果能互不影響倒也安然無傷，偏偏這些江中的鱷魚，以大塊朵頤步行過江的路人為樂，此舉令百姓們惶惶不可終日，因而在私下將大江稱為「惡溪」。

夏至這一天，惡溪又傳來一名女子被鱷魚吃掉的消息，韓愈知道後心急如焚，深知此患不除，後果不堪設想。於是他絞盡腦汁，徹夜書寫《祭鱷魚文》，並下令百姓張羅祭品，殺豬宰羊，在廣濟城北江邊渡口旁的一個土墩上設置祭壇，點上香燭，對著江中的鱷魚們大聲疾呼：

「我韓愈乃受天子之託鎮守此地，負責使百姓安居樂業，物富民豐，然爾等身處江中卻不安於室，成天埋伏於溪流暗處，伺機吃人以滿足口腹之慾，甚至在江中放肆的綿延後代，著實不可取。這江水乃我潮州百姓生活所需，非爾等能長久安身立命之處，何不重回南面大海，還我等百姓生

活安寧，大家各自安居互不相擾？與此同時，我與爾等立君子之約，望三日之內帶領族群遷移此處，倘使三日不夠，五日足矣，若五日尚嫌不足，七日則為極限，屆時若仍不願搬離此地，即是與我為敵，輕視刺史之職權，藐視聖上旨意，到時必將大動干戈，殺戒全開，將爾等全數剷除殆盡！」

語畢，韓愈將《祭鱷魚文》投入江河中，據說，當天夜裡，雷電交加、狂風暴雨，數天後，江水乾涸，鱷魚向西遷徙了數百公里，至此以後，潮州再也不見鱷魚的蹤跡。

杜絕了水患，又驅逐了鱷魚，韓愈才稍稍緩過氣時，卻因積勞成疾，久咳不止，終至氣虛體弱，一病不起。經過城裡有名的大夫看診把脈後，建議以木棉花入藥，藉以健脾祛濕，潤肺止咳。由於木棉花全身都是寶，藥用價值極高，以乾花瓣煲湯不但能清熱解毒，強骨通筋，更具利濕止喘之效。韓愈食用數日後便明顯感受到神奇療效，醫師更建議此藥飲若能長期服用，對於改善目前的身體不適必有相當助益。遺憾的是，由於當地木棉花數量有限，必須從廣東及其他地區運到潮州，取得不易，所幸當地百姓們得知此消息後，便想方設法克服交通上的困難，至各地摘採收集花瓣帶回潮州，更有許多身強力壯之士將各地木棉樹連根拔起運至潮州，在大江兩旁栽種成林，使此樹不但能做為藥引更具觀賞價值，此後，木棉花成了家喻戶曉珍貴藥材，當地一帶的居民除了藥用之外，更在春困秋乏之際，將木棉花熬煮成湯，以解睏倦疲乏之症狀。

雖然韓愈被貶至潮州時心存鬱結，悶悶不樂，但卻不因失志而無所作為，反而積極建設改善居民的生活環境與品質，使得當地民風純樸、安居樂業。此外，他興修水利，改善民生，並大力興學，倡導教育，使潮州從原本的南蠻之地搖身一變成了文風鼎盛、將才輩出的「狀元之州」，更以

其書寫之《祭鱷魚文》傳頌千古。當地人為了感念他的豐功偉績，將其祭鱷魚的地方稱為「韓埔」，渡口則取名為「韓渡」，並改稱原本的大江為「韓江」，而與韓江緊密相連的山脈則稱為「韓山」。

現今，佇立在韓山頂上的「韓公祠」，是來訪潮州的必遊之地，韓愈的雕像，與潮州的母親河相視而望，以微笑滿足的神情俯看這一座以他為姓的古城。韓江兩岸盛開的木棉花，則成了潮州的市花，在春天細雨如絲時，參天古幹抽出嫩綠枝芽，如無暇的翡翠墜滿枝頭，隨後在晴空中綻放滿腔熱情，如朝霞般紅妍如火。而熱戀中男女的身影，更是不時的在韓江邊出現，他們呢喃低語，傾訴愛意，彷彿迫不及待要他老人家成為甜蜜愛情的見證者。

這象徵著英雄氣勢的木棉花，就像潮州的父母官韓愈，以其堅毅英勇之姿，永遠守護這座古城的平安與美麗。

韓公雖遭貶瘴癘之地，卻勵精圖治，樹百年基業，不但親民愛民且流芳萬世，豈非邦國之幸？

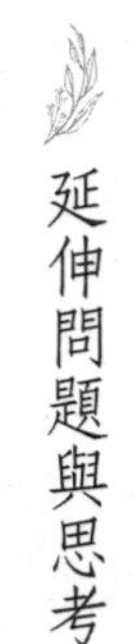

延伸問題與思考

一、韓愈因何事遭貶官至潮州？

二、在前往潮州任官的途中發生了哪些事情？他的感受又是如何？

三、新官上任的韓愈馬上面臨哪些挑戰？他的解決方式為何？

四、試著描述韓愈生病的原因以及最後他透過何種方式痊癒？

五、韓愈雖遭貶官至蠻荒之地，但卻勵精圖治，他為潮州這座古城帶來什麼樣的建設與改變？

六、生活中你是否親眼目睹木棉花從含苞待放到全然盛開而後凋謝的情景？試著描述你的觀察與感受。

七、一個人能改變一座城，能得賢能父母官更是百姓之福。試著從韓愈的例子，檢視你所處的城市、學校或機構，是否也因不同首長或領導人的風格差異性，而呈現迥異的組織氛圍與成果？

東山木棉花盛開坐對詠　清／丘逢甲

亭亭十丈靄春煙，冠嶺真同火樹燃。
閏位群芳慚紫色，交柯餘炎燭丹淵。
天扶赤運花應帝，人臥朱霞夢亦仙。
絕世英雄兒女氣，一嫌綺緒更纏綿。

卷十 玫瑰花

幽香醉人 魅惑綻放

掙脫枷鎖 冒雨前行的勇敢女孩

真正的美，是內在的良善與智慧所展現出來的氣質與態度，從來不是形於外的枷鎖。

蒼茫大地，誰主浮沉？勇敢的瑪雅，努力掙脫命運的束縛，冒雨前行，這是她送給自己人生最大的賀禮，也讓我們知道，自己的命運，掌握在自己手裡。

西元一九二六年，明萊王透過了一系列的征服併吞，將周邊的孟萊、清孔、清坎等位於泰國北部的眾多部落小國收納麾下，創立了蘭娜王國，成為泰國史上第一個獨立的國家，建都清萊。

然而，清萊卻連年洪水橫流、氾濫成災，迫使明萊王不得不另遷他都。他尋蹤覓跡，掘地尋勝，意外發現素貼山腳下不遠處地勢偏高的清邁風光旖旎，鍾靈毓秀。獨具慧眼的他，決定以此做為永久的首都。

江山若畫，如登春台。這個有著泰北玫瑰美譽的城市，在中、緬、泰金三角稱霸近一個世紀，於海拔三百多米的山間雲霧裡，展現其絕代風華與深不可知的謎樣傳奇。

清邁北邊與鄰近的玉石大國緬甸，隔著一條近二百公里長的白河，波瀾壯闊，洶湧澎湃，悠悠長長的劃開了克揚族的血統，欲語還休的娓娓道

出族人近半世紀來的萍蹤浪跡與顛沛流離。

克揚族，這群來自緬甸的少數民族，因為長年不斷遭受若開族的侵略攻擊，而展開逃亡的生活，他們勇渡白河，翻山越嶺，來到了清邁北部的梅豐碩，在蒼勁幽深的莽林中，過著與外界隔絕的生活。

克揚族聲稱自己為龍的子民、龍的化身，堅決捍衛及傳承龍的血脈。為了展現龍的意象，女性們必須恪守傳統，從五歲起，就得戴上銅環頸圈，隨著年紀的增長，每一至二年須重新拆搭頸環，並逐次增加一至二圈的環數。

年長的族人們費盡苦心，循循善誘並耳提面命的告誡女孩們，戴上頸圈不僅是繼承與延續傳統文化的重要形式，更能展現美的意象。頸圈的數目愈多則愈顯風韻優雅，如果無端抗拒這項傳統，將遭驅逐離村，被迫與家人分離。其實，這個美麗糖衣所包覆的謊言：「不讓族裡的女人跟外人跑了」才是先輩們不願說出的事實。

她們就是外界所熟知的長頸族。一旦脖子套上銅環後，幾乎再也無法離開村落到外地生活。但在這裡，似乎鮮有人在意這樣的問題，他們自給自足，知足常樂，日出而作，日落而息，儼如置身於陶淵明筆下的桃花源。

這天，是瑪雅五歲生日。

她的父母起了大早，忙著張羅為瑪雅穿戴頸圈的儀式。他們依照村裡的習俗，先抓隻雞，而後取其腿骨做為卦象，也就是所謂的「雞骨卦」，卦象若為吉卦，則能順利進行儀式，由凱揚師傅來為瑪雅穿搭銅環。凱揚師傅是目前村裡僅存尚保有拆戴銅環這項技藝的族人，因深怕失傳，正努力尋找接班人。但由於這項工作被族人視為天授神權，得經由祖先三次托夢指定為同一人的情況下才能確定人選，這也就是為何至今仍遲遲無法找

到接班人的原因。凱揚縱使身懷獨門絕技，也無法為自己完成拆搭銅環的任務，因此每隔幾年，她還是得徒步回到緬甸，請當地年長的師傅為自己更換。

五歲的瑪雅，還在懵懵懂懂的年紀，面對即將進行的儀式，內心極度抗拒，她只知道媽媽、姐姐以及村裡的所有女性們的脖子上都戴著銅環，每個人都欣然接受傳統，重視慶典，將其視為一份美的象徵，也蘊含著脫胎換骨與成長的喜悅，經歷這個過程彷佛順理成章，合情合理。但當這個重要時刻降臨在自己身上時，瑪雅卻哭得聲撕力竭，賴地不起，任由父母好說歹說，內心就是百般抗拒。母親擦去她如珍珠般的淚水，緊緊的將她抱在懷裡，告訴她，這儀式是成為美麗女子的必經過程，村裡無人能例外，同時也用先輩們代代相傳的故事，告訴她身為克揚族，是天上龍選的子民，這是一份屬於族人的榮耀，為了延續族人的傳統與血脈，先輩們費盡了多大的心力，才能維繫香火，保護族人不受外族的欺侮。

瑪雅聽得似懂非懂，但母親慈愛的眼神和溫柔的語調，讓瑪雅別無選擇，在淚水幾乎淋溼衣衫的半推半就中，她戴上了頸圈。

完成儀式後的生活適應是隨即而來的挑戰。瑪雅無法像過去那樣自在的跳躍和舞動，夜晚睡覺時，常被脖子上的銅環卡得痛苦難耐，炎炎夏日，酷暑來襲，銅製的頸圈在太陽高溫的曝晒後，高溫致使皮膚灼傷頻繁，痛不可忍。而長期重壓的結果，使得肩膀下垂，多處瘀青；洗澡時，更得輪番使用草梗、鋼刷等工具將銅環刷洗乾淨至時時如新，否則將會遭來村民們的閒言閒語與不友善的眼光。

七歲那年，瑪雅的母親因病去世，父親為使瑪雅不失母愛，在村民的

建議與說服中續紘。瑪雅失去了最疼愛自己的母親，但並沒有迎來父親所期望給予她的母愛，繼母與父親生下了屬於他們的孩子時，更是對她極度嚴苛，覺得瑪雅的思維總是過於跳躍、不安於室，因此多半將她關在家中，限制其行動。

時光飛逝，瑪雅十二歲了。

揮別昔日的稚嫩清純，她已是個唇紅齒白，亭亭玉立的少女，舉手投足總能輕易展現聰慧伶俐與獨特高雅的氣質。與村裡那些順從傳統、安於生活現狀的女孩不同的是深藏在她血液裡那份略顯溫和的反骨與叛逆。

她不懂，為何村裡的女孩都甘心為得美麗之名而套上枷鎖，她總想著有一天能逃離這裡，擺脫脖子上那一圈又一圈沉重的負擔，這樣的堅定的想法又摻雜了幾分無奈，她時常在兩個極端的思緒中擺盪，遊走於安心順從與叛逆掙脫的狀態，夜深人靜，總有一個聲音在腦中盤旋，或許，她根本不是龍的子民，本不應屬於這裡。

梅豐碩的長頸村與外面世界的界限是一片樹影婆娑、古木參天的樹林，林間的樹木高聳入雲，嚴絲合縫，鬱鬱蔥蔥，好似綠布罩頂，密不見天。瑪雅幾度充滿好奇心的想穿越樹林，一探林外樣貌，但都因缺乏勇氣，總在最後緊要關頭腦中浮現長輩們的告誡叮嚀而就此作罷。但內心那股強大的趨動力，促使她不斷的想方設法突破界限與限制。她常在夜深人靜時輾轉反側，難以入眠，她真得在這方圓之地與脖子上一圈圈的枷鎖共度一生？

她深信人生不應如此，但卻不知如何是好，隨著年齡的增長，內在趨使她逃離的意念更顯強烈。

起初，因頸上銅圈所造成的肉體不適，她還能以沉靜隱忍的方式度過，而隨著日子漸久，隱忍雖可抵擋部分的身體苦痛，卻無法禁錮她對自由的渴望，每到這種時刻，她都試著以冥想來跳脫現實。她想像自己在無邊的綠地上雀躍奔跑，在白雲藍天裡自在優游，唯有如此才得以暫拋現實的桎梏。在幾次接近意識迷離的狀態中，藍天與綠地交接處，一片繁花似錦、馨香沁鼻的花香世界，彷彿讓她與母親慈愛的眼神溫柔交會。她感覺到母親用天籟般的聲音在她耳邊細細叮嚀，正要聚精會神傾聽時，忽一睜眼，眼前的屋瓦房舍又讓她墜入真實世界的枷鎖中。遍地花香與母親溫柔的眼神不時在她腦海縈繞，揮之不去。

一天，凱揚師傅來家中做客，瑪雅聽到大人們的對話內容，得知凱揚師傅明日將回緬甸老家更換頸圈，便趁機央求一同前往。凱揚師傅心想路程中有人陪伴既不無聊，又能幫忙分擔重物，何樂不為？過去村裡的孩子們從未提出這樣的要求，畢竟戴著沉重的銅環步行好幾十里路也不是任誰都能甘之如飴的美差事。凱揚師傅愉快的答應瑪雅的請求。

德高望重的凱揚師傅都一口答應了，瑪雅的父親雖覺不妥也實在難以拒絕，他表面欣然同意，內心卻湧現一股強烈的不安。

臨行的前一晚，瑪雅入睡後夢到母親。

夢裡，她依偎在母親懷裡，感受母親輕柔的呼吸與規律的心跳。她向母親表達內心的壓抑、悲傷與無奈，她想趁著明天出遠門時逃離這個令她窒息的地方，她含著淚水，希望能得到母親的認同與支持。

母親親吻她的額頭，撫摸著她柔順的頭髮，緊緊將她抱在懷裡，語重心長的緩緩道出：「我親愛的孩子，媽媽現在終於了解，愛是成全與尊

重，而不是剝奪與佔有。我們也許是生養妳的父母，是妳情感緊密相依的至親；族人們也許是妳的歸屬與認同，但妳才是自己生命的主人，我希望妳由衷的快樂，並找到屬於自己的天命。」

瑪雅流著淚醒來，她想念母親，也深深感動於這一席話，這是母親送給自己最寶貴的禮物。

翌日清晨，凱揚師傅一大早就來接她，瑪雅告別了家人，踏上未知與期待的旅程。一路上，她表面上與凱揚師傅有說有笑始，但暗地裡始終提高警覺，仔細研究路線並隨時尋找合適的機會脫逃。

天色漸暗，她們在一塊大石頭旁的草叢邊過夜，她趁凱揚師傅熟睡後，偷偷起身，拿起自己的隨身行李後，屏氣凝神，躡手躡腳的移動，直到距離夠遠時，才邁開步伐奮力奔跑。

瑪雅頭也不回狂奔，顧不了脖子上沉重難耐的銅環，也顧不了赤腳踩在泥地上的坑洞碎石所形成的傷口，她的視線只有前方，只有那道她一心嚮往通達至善之地的曙光，心懷希望讓她忘卻飢餓，不覺疲累，她知道這是自己唯一能逃跑的機會，錯過不再。

這一路並不輕鬆。負重疾奔不易，內心恐懼又時刻環繞，瑪雅卯足全力，毫無退路。她腦海中閃過祖先們當年為了躲避他族的侵擾迫害，保衛族人血統而一路搬遷逃亡至清邁北部的梅豐碩，流落他鄉。如今，瑪雅只想為自己而跑，她渴望擺脫一切不合理的傳統枷鎖，邁向自由的彼端。

為了自己的人生，為了維護生命的自主性，一樣的奔波，一樣的逃亡，卻成就不一樣的價值與尊嚴。

穿過茂密的森林，擺盪於林木線之上，越過無數古岩堆積的坎坷崎嶇，晝夜交替，晴雨同沐，瑪雅跨越了國度的邊界，來到了中國雲南。她逐漸看

到不一樣的風景，遠方視線紅綠相襯，春色無邊。她本想振奮精神感受眼前這一整片唯美壯闊，但視線卻逐漸模糊，雙腳亦不聽使喚，終於力不從心的昏暈過去。

當她醒來後，發現自己身處一戶陌生人家中，確認周遭都是陌生的臉孔後，終於能放下心中的不安，她喜極而泣，激動不已，不敢相信這一切竟如自己所願的成功脫逃，美夢成真。原來，歷經數日的長途跋涉，她來到一座玫瑰花農場，氣虛體弱倒地不起，所幸第一時間就被花園主人發現，將她帶回家中，小心翼翼剪下脖子上一圈圈沉重又不可思議的枷鎖，細心照料數周後，讓瑪雅逐漸恢復意識與體力。

經過二年多的修養，瑪雅的身體已康復至最佳狀態，擺脫了身體長期負重所造成的傷害。為了報答園主的救命之恩，瑪雅央求園主允許自己投入玫瑰園的日常工作，她在充實而忙碌的生活中逐適應當地的習俗，學習不同的語言，並愛上腳下的這片土地。

春風送暖時節，朵朵玫瑰火紅耀眼，開始了她們的魅惑綻放。瑪雅與園主的採花團隊成員們，在千畝的花地裡，完成數量豐碩的花瓣採摘。當花香瀰漫天地，一股甜美感受瞬間襲來，令全身細胞甦醒，短短不超過六十天的花期，玫瑰花高貴優雅的天生麗質，為這鄉野林間染上一層華麗飽滿的色調。

盛開爛漫，卻僅有短短數天的美麗容顏，因此逢年這個季節，瑪雅與採花團隊，都得趕在每日烈陽到來前，迅速將連夜綻放的花朵全數採摘，並以最快的速度送往城內販售，做為製作鮮花餅的主要原料。

雲南的鮮花餅，遠近馳名，風味絕佳，吸引不少饕客聞香而來，閒來之餘，瑪雅也學著製作鮮花餅，並在既有的基礎上融合自己的巧思，創造

出有別於傳統口感的獨特風味。

不久，在園主與友人的支持促成下，瑪雅搬到城裡，開了間屬於自己的餅舖，賓客盈門，絡繹不絕。每天中午，花餅出爐時，整條街坊香氣四溢，久久不散。那一個個金黃色澤的外皮包裹著蜂蜜與老紅糖混合釀製的玫瑰餡料，讓來此品嚐的客人，都有一種幸福滋味瞬間襲來的感受，瑪雅總能在每張愉悅與滿足的神情中得到難以言喻的成就感。

此刻的瑪雅，獨立自主，樂在生活，不受拘束。她以勇氣和行動力為生命展現自信亮眼的成果，由內而外綻放出美麗的風采。這份美麗，不只因勇氣所創，更源於對自身價值的覺察。同時，她更感到無比幸運，能有一個看待孩子生命本質超越一切的母親，這是她生命中最堅實的後盾，也是靈魂深處最飽滿的底氣，雖然母親早已離開身邊，但將會一直住在她的心裡。

真正的美，是內在的良善與智慧所展現出來的氣質與態度，從來不是形於外的枷鎖。銅圈也許可以賦予克揚族人外表的審美象徵，其數量或許更能彰顯族人們所定義的美麗，但卻無法使人靈魂發光，氣質昇華，更無法捆綁一顆渴望自由與擺脫傳統框架的心。

蒼茫大地，誰主浮沉？勇敢的瑪雅，努力掙脫命運的束縛，冒雨前行，這是她送給自己人生最大的賀禮，也讓我們知道，自己的命運，掌握在自己手裡。願你我心中都有一個瑪雅。

你是誰？你決定。

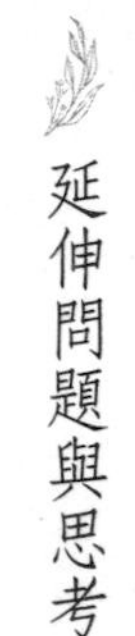

延伸問題與思考

一、克揚族為何逃亡奔走，離開家鄉另尋住所？

二、克揚族人代代相傳的美麗傳説為何？他們又以何種身份自居？

三、女孩幾歲時必須戴上頸圈？戴上頸圈的儀式如何進行？

四、瑪雅在長頸村生活的日子快樂嗎？如果不快樂，原因為何？

五、臨行前一晚，瑪雅夢到了誰？夢中的對話為何？這些對話又帶給你什麼樣的觸動或想法？

六、試述瑪雅的逃亡經過以及她最後的落腳處。

七、新生活帶給瑪雅什麼樣的改變？她是否樂在其中？

八、對你而言，什麼是真正的「美」？

九、食用等級的玫瑰花能製成各類佳餚美饌，試著想想哪些料理能以玫瑰花為重要元素融入其中？

玫瑰　唐／唐彥謙

麝炷騰清燎，鮫紗覆綠蒙。
宮妝臨曉日，錦段落東風。
無力春煙里，多愁暮雨中。
不知何事意，深淺兩般紅。

寫在書後

花之美　根之韻

花的美艷多姿，果的芳香飽滿，總能引人注目，博得讚嘆。

哪怕枝葉，郁郁蔥蔥、繁盛茂密，也很是讓人歡喜。

倘若沒有了根，花果枝葉豈不成了無源之流？

植物莫不有根，藉此固著於大地，因而得了定靜。

深埋於土裡的根，既不顯形，亦不惹眼，人們多半輕忽而不以為意，其獲養分於泥土，以致生機勃勃，五彩繽紛。

舉目所見之奼紫嫣紅，皆為根的延伸與外顯，它以一種深沉的含蓄靜靜展現美的姿態與意象。

都說花有語、花解語，但總無視於根的靜默不語。根的靜默，何嘗不是一種生性不張揚的表現？它將姿態低進泥土裡，這一低，低出了微妙又巨大的力量，並將這一份微妙與巨大，慷慨無私地獻給了花，使其嬌艷美麗，花枝招展。

寒來暑往，陰陽相推。

若說含苞怒放，花開花謝為生命的動態，那麼，這動態的能量，更來自於根的蟄伏與寬懷。

陽生於根而發於枝，動生於靜。地裡的根，總能最先感知陽氣的復甦與上升，生命的節奏，更在動靜之間，相得益彰。

我們不妨眼見其動，心思其靜。

花之美，根之韻。

美的凝視　剎那間的永恆

自然的韻律猶如一首輕快喜悅的樂章，生命的節奏，更在動靜之間，四季交替，循環往復，化作一種恆長綿密的氣息，瀰漫在空氣裡。

青冷的石壁、含苞待放的花朵、一望無際的草原、陡峭險峻的高山、茂密的森林、古岩堆積的坎坷崎嶇……每個太陽升起的黎明，陽光灑進每道刻痕的細縫中，光影，讓大自然與物體有了明確、生動而細緻的表情，在不同角度的照射下，更顯變化多端、風情萬種，反應出美的優雅極致與溫潤的色調，讓所有靜物因其擁抱而再現生機。

美的事物，是人類共同的信仰，它將不同種族、膚色、文化背景的人們串連在一起，讓彼此共同凝視，真切地感受時光存在的印記。

願我能成為這份信仰的忠實記錄者與載體，擷取每個時間的軸線，用文字歌頌那份對美的景仰，並在諸多深情靜候的時刻裡凍結瞬間的感動，讓稍縱即逝的美麗透過時間的停滯定格在畫面裡，使剎那間的美麗得以永恆。

無論晴天雨天，所有一切存有，都共同沐浴在大自然的恩典裡。
無論良善邪惡，所有特質，都並存於天道的核心裡。
無論美醜，所有萬物，都有其自在抒心的呈現方式。
專注細節、去蕪存菁，真正的美，使人沉澱，而不感覺沉重。

生命，應在不斷「以有限追求無限」的狀態下「抱殘守缺」，所謂的圓滿，來自主觀真切感受，而非共同定義。

願書中的故事，能給予您些許雨浥輕塵的觸動，讓您在文字中品味花香，感受真情與溫暖，進而找到心靈的歸屬與內在堅實的力量。

附錄

天橋下的現代說書人

秦至宏

非常感謝大家暫時放下手機平板，一同來參與如此深具文化氣息的活動。

在此先引用明朝江南四大才子之一——唐寅的兩句詩作為開場：

閒來寫幅青山賣，不使人間造孽錢。

全因在場各位藝文熱愛者的大力相挺，才使得我們能在文創的工作上倍感溫情與鼓舞。

緊接著，請容我自我介紹。

本人乃今天的活動引言人：秦至宏。

秦，是唐堯虞舜夏商周的「秦」。

至，是長得不至於太嚇人的「至」。

宏，是為人寬宏大量的「宏」。

也是本書作者茶美人高中時期素未謀面的學長。

今天來到這裡，一則附庸風雅，二來感嘆現代人在紙本閱讀與動筆書寫的機會真是越來越少了！

隨著科技日新月異，現代人的生活型態的確和過去有著極大的差異。各位如果在大眾運輸工具上仔細觀察將會發現，有將近百分之八十的人拿著手機，百分之十的人手捧平板，剩下百分之十的人不用說，您一定猜得到：睡覺！

話說，昨天我搭火車時就聽到一段令人啼笑皆非的對話。在描述這段對話之前，讓我先請問大家，中國四大奇書，大家可知否？

什麼？

三國演義？水滸傳？西廂記？

西遊記啦！還西廂記咧！

啥？可香女？

這位看倌稍微冷靜一下，您說的這本可是我學妹的下一本書，我只看過封面，這本書都還沒出版呢！不知陶慈書院的代表今天可在現場？記得把曹雪芹的稿費給我學妹啊！

回到剛才搭火車時聽到的對話。月台上，兩三個穿著制服的國中生，正討論著《三國志》的作者是誰。

注意，是《三國志》哦！不是《三國演義》，《三國志》是正史，學術地位極其崇高，而《三國演義》是一部章回小說，但其影響力卻遠超《三國志》的千千萬萬倍，也是現在電玩遊戲卡通動漫不可或缺的題材。結果現場竟然沒有人知道，還拿起手機搜尋，看著他們手機一支比一支高級，搜尋出來的答案卻是一個比一個奇葩。

其中有一個答案叫「橫山光輝」。日本人啊!?你若說個中文名字，哪怕是金庸、倪匡、古榕、徐志摩、朱自清、瓊瑤、張愛玲我也認了，到底關日本人什麼事兒？氣得我差點請站長來趕他們出站。

我一時氣不過，決定自己搜尋看看橫山光輝到底是何許人也。

原來這名日本人是一位漫畫家，我們看的卡通版《三國志》就是出自這位大師手筆。

好不容易車來了。

就在車門關上車子移動沒多久，其中一位男同學拿出手機開始吆喝，右邊的女同學也不甘示弱，拿出平板追劇。

我想大家都有這樣的經驗，搭車時最討厭的就是有些人放音樂追劇都不帶耳機，硬是要強迫別人與他分享同樂，不過赫然發現今天車廂裡的人竟全都帶起了耳機，本以為可以在車上閉目養神，稍作休息，圖個清靜，

結果剛才那位老兄居然跟著耳機裡的音樂忘情高歌……

該怎麼形容那歌聲呢？如果是雲雀之聲合唱團任何一個團員來唱也就罷了，偏偏這個歌聲，用比較接地氣的說法，或許在中元普渡時拿來在門口播放更適合避邪。

所以古人說：三日不讀書則面目可憎。

現代人呢？三十分鐘不碰手機？面目全非啊！

稍微半個小時沒留意，未讀訊息可以高達一百多條，群組裡開團購怕沒跟上，上級交代的任務怕沒注意到，成天抓著手機搞得緊張兮兮。

大家應該記憶猶新多年前一句Nokia的廣告詞：科技始終來自於人性。

而使用科技的人卻在做什麼呢？毀滅人性！

姑且不論人類對文字的敏感度，哪怕文字的使用和初步的閱讀都已慢慢成為一種障礙。

於是，出售的「售」可以寫成「住口」；隱隱作痛可以寫成「穩穩作痛」；小孩子最愛喝的知名手搖飲五十嵐，喝的時候知道是五十嵐，看著招牌卻可以念成「五十風」。

這代表什麼呢？代表我們對文字的使用能力，正一點一滴的在聲光科技中退化流失，閱讀可能不再是樂趣而是障礙。

雖然，電視影音可說是相當了不起的一種藝術形式，但由於畫面都是導演與演員呈現給我們的，總是讓我們在直觀的狀態下少了些許想像與啟發。

就像電影預告片那樣，永遠剪輯最精彩的部分，這樣的迷思在廣告上尤其明顯。曾經看到一個售屋廣告，拍攝手法相當唯美。說的是一位菜鳥房仲，正積極賣掉緊鄰機場的一個物件給廣告中的女主角。大家應該都知道，機場與鐵路旁的房子最難賣，而且這間房子又在頂樓，可以說是難上加難，透過房仲的巧思，將頂樓加蓋成像台北市立天文台那樣的玻璃帷幕

天窗，柔軟舒適的雙人床就擺在天窗正下方。

鏡頭帶到女主角晚上躺在床上看星星月亮，白天看著漂亮的彩繪飛機從天窗的對角線飛過，看到這個鏡頭，夢幻指數爆表無人能擋，前來看屋的女主角對此屋一見鍾情，二話不說，立刻簽約！

但這就是所謂的幸福美滿結局嗎？不到兩天，客戶就因為機場噪音不堪其擾，驚覺這根本不像廣告中所呈現的那麼唯美，於是找來房仲臭罵了一頓：「你不是說這裡不會吵嗎？結果根本不是這麼一回事啊！不信的話你自己躺在床上感受一下。」

房仲感到相當無奈，只好躺在床上敷衍這位客戶，誰知就在此時，客戶的男朋友來了，他看到一個陌生的男子躺在自己女朋友床上，二話不說準備動手動腳……

這時房仲更加無奈了，他耐著性子說：「這位大哥您先冷靜，別誤會了，我是賣出這一間房子的仲介啊！」

「那你為什麼出現在我女朋友家，還躺在她床上？」女主角的男友沒好氣地問。

這時房仲聳聳肩說：「如果我說，我是在這裡等飛機過來，你相信嗎？」

所以，眼見不一定為憑；所想，不一定為真。端看導演想灌輸我們什麼樣的情境及思考模式，觀看者通常只能被動的全然接受。

過去曾有一句衛生棉的經典廣告詞：「做自己，好自在」，表達的到底是要我們認真獨立思考做自己，還是要我們全然接受他的觀點？說來諷刺啊！看完影片後，我們僅存的那點獨立思考空間也跟著斷線，很顯然，在科技和人文之間更需要一道「橋樑」。

矛盾的是，今天小弟有機緣來到這裡與大家見面，依然要感謝科技的進步。也就是透過校友創立的群組，才有機會讓我們在這裡相認。

當初我在臉書發文的同時，線上跳出一個小的對話視窗，原來是高中

時期合唱團的同學。

「同學在嗎？」

「在呀！」

緊接著看到對話框下面的跑馬燈，閃這一段文字：「對方正在偷人……」

我愣了一下。對方正在「偷人」？現在科技真是日新月異，連這個都能顯示？

再仔細看，哦~對方正在「輸入」。

「同學，你都不看Line的喔？我們合唱團歷屆學長姐創建了一個群組，我已邀請你，參加一下嘛！」

「好好好！」有驚無險，我還認真的以為破案了。

而本書的作者也就這樣被其他同學拉進群組裡，於是大家就這麼認識了。

說到這個學妹喔，我有時候懷疑她不曉得是頭殼壞去還是跟天借膽，在群組上認識不到半年，今天也才第一次見面，就把這麼重要的開場交給我，而且她本身還不是中文系出身，竟然能寫出如此溫潤的文筆，確實為現代科技人與人文之間搭起一座橋樑和提供些許啟發。

拿到新書，看到書名《晴雨同沐》，而且還是文學作品，當下就讓我想起甄嬛傳裡的一句對白：「遇佛遇魔皆是造化，雷霆雨露俱是天恩」，橫批：晴雨同沐。

你們說說這書名拿來當橫批是不是剛剛好？我曾懷疑她是不是由這裡發想。

這句對白是什麼場景？是甄嬛拿來吐槽雍正皇帝的。

用人話來說就是：「反正您貴為皇上，您丟給我什麼東西，我只能照

單全收了。不管是刀子手榴彈我都得接，接完後還得謝主隆恩，絲毫沒有拒絕的權利啊！」

這本書難道是宮鬥劇嗎？這倒十足引發我的興趣！不過今天終於見到廬山真面目啊！俗語說：「人若呆，看面就知」，我相信她沒那麼聰明……呃，不是……我相信她肯定沒有這個心機。

接著看一下筆名「茶美人」，再看看作者照片。美人是當之無愧，但前面這個茶字加下去，我腦海中頓時聯想到一樣特產：東方美人茶。

最後翻一下目錄，寫的全是是跟花有關的故事啊！

花？難道是討論植物學的書？看起來不像啊！而且花是什麼？花可是植物的生殖器官啊！拿鑽石求婚是美事一樁，但拿著一把生殖器官向人求婚有什麼好說的？後來想想不對，我學妹應該不是這種人吧？而且有那麼多教授老師名人推薦這本書，一定有其道理。

先來說說「花」這個字。上至國家社稷，下至吃喝拉撒，無所不包，這個字有學問啊！這個字，除了百家姓之外，它可是在常用的五百漢字裡排名第二百七十七，比音樂的「樂」，顏色的「色」排名還要更前面，想不到吧？有沒有瞬間覺得奇怪的冷知識又增加了呢？

我們的國號「中華民國」的「華」，其實也是花的古字，這兩個字是相通的。上至國家，國有國花，縣有縣花，校有校花，班有班花，豬肉有五花，湯裡有蛋花，最補的可是麻油炒腰花，吃個乾麵切個大菊花，啥？大菊花是哪個部位？嘴邊肉啦！各位想到哪裡去了？噢！對了！千萬要記得別加太辣，要不然不舒服的可是「小菊花」。

而每個月幾乎有花名代稱。

一月柳月，二月杏月，三月桃月，四月槐月，五月蒲月，六月荷月，七月蘭月，八月桂月，九月菊月，十月陽月，十一葭月，十二梅月。

形容外表，貌美如花；形容文筆，妙筆生花；形容姿態，步步蓮花；形容景色，翠竹黃花；形容浪漫，花前月下；形容秦至宏，花名在外。

想當初我與內人前去註生娘娘那求子，也是手持各一白花紅花，白花代表兒子，紅花代表女兒。出席喪禮上香完也要獻花獻果，費玉清小哥成名曲「一剪梅」，歌手伍佰老師的「你是我的花朵」……可入藥，可料理，可配樂，可以歌賦詩詞，更可以慷慨壯烈，可說是所有美好事物的代稱啊！除了美雅，更具實用功能，幾乎可以從出生前用到頭七做週年！

在這裡誠摯的邀請各位，從這本書裡好好的感受一下，除了享受影音的刺激，是否也回味一下文字帶給內心最原始樸實無華卻又不枯燥的美好，無論您的體會是什麼，過程往往比結果更重要。

也許各位剛剛得知了二月杏月，杏花有一個傳說中的花神代表楊貴妃，接下來您或許能體會她與唐明皇李隆基「七月七日長生殿，夜半無人私語時」的浪漫。有時我也想學學唐明皇跟我內人說：「愛妃真是我的解語花」，但我內人可不同，雖然她一樣姓楊，豐腴可愛且愛吃荔枝，但我永遠忘不了她回我的那一句：「臣妾只愛一種花，叫做有錢可以花。」

您也可能體會那六月荷花之神西施，為什麼決定跟范蠡私奔？因為他們知道越王勾踐比他那把寶劍還賤，這個人只可共患難但不可同享樂。

還有三月桃花花神貂蟬，在呂布與董卓之間如何掙扎抉擇，以及山茶花神王昭君，為了漢室江山，在冰天雪地的匈奴北國忍受孤獨。

如果諸君問我有何體會？

我個人的創意還是比較直接一點：檳榔姐妹花。

此言何解？

因為「茶花美人」與「檳榔西施」，有一個共同點：前兩字都是植物，後兩字都是正妹，是否頗符合今天的標題呢？

各位別笑！以我學妹的功力，將來萬一在路上您看到檳榔西施正在讀她的書，而且邊看邊哭，哭完又笑，千萬別覺得驚訝，畢竟她就是有這種能耐、內涵和底蘊啊！

所以懇請各位細細感受，用心體會，享受今天這段美好的時光，一同感染書香之氣，品味文字中的魅力。

本文作者為現代科技與傳統文化藝術的雙重擺渡人。除了在安身立命與為米折腰的科技專業領域孜孜矻矻，勤奮不懈外，更為隱藏在天橋下的現代說書人。其可手持最新機款，回望兩個世紀前的傳統戲曲，在感時憂國，借古諷今的情懷中，認為傳統必須創新，科技不離文化。思緒奔騰活躍，靈感天馬行空。「何妨以交響樂伴奏國劇」，正是其思考的迷人典型。

花如人生　鍾譯萱

花開有韻兩相濡，初春之月曉柔情。
江東湖畔夜最美，暗幕繁星群閃耀。
花晨月夕相爭艷，柳階庭花如春華。
愛花惜花知花語，語意深濃堅如石。
花開花落盡人生，浮生一回願如是。

沐花

詞曲：孫懋文

花 帶來芬芳 花 帶來陽光
我願捧上一束鮮花 獻給爹和娘
感謝他賜與我生命 陪伴我成長

花 帶來希望 花 帶來夢想
我願捧上一束鮮花 獻給我的他
感謝他默默守在身旁 讓我有個家

花　帶來期待　花　帶來盼望
我願捧上一束鮮花　送給我的孩兒啊
希望他能發現　我藏在文字裡的話

花　帶來思念　花　帶走憂傷
我願送上無數鮮花　獻給你們啊
感謝你讓我人生旅途　不曾孤單　不曾徬徨

註：本首歌曲為表演藝術家／歌手孫懋文老師為《晴雨同沐》新書發表會所創作，深受參與活動讀者喜愛，特此收錄於本書。

詩情畫意　舞文弄墨

王瑞顯

題記：

愛情是人間美麗的信仰，詩詞更顯永恆風雅。愛意詩詞間，一筆書幽怨。瑞顯兄為茶美人高中時期學長，更為隱藏版的現代詩人，案牘勞形中不忘吟詩作賦，展現文采。特於本書二刷改版之際向其邀稿，以供讀者品味詩詞雅韻之美，一同欣賞他的作品吧！

枝頭綠芽少紅顏
絲絲細雨染江田
借問春風不識人

岸堤獨坐空魚雁

年少輕狂把月偷
蟾宮折桂志未酬
糊塗虛度四十載
徒留白頭寫春秋

言又止，筆還休，
支字片語為誰留？
墨染紙，櫻雨樓，
黃花明日空留愁。

望穿月圓月又缺，
數盡花開花又榭，
梧桐細雨淚時別，
奪框滴落響空階……

七分清醒三分醉，
微醺半步搖欲墜，
杯中黃湯斟不滿，
飲盡世間千百味。

風狂雲聚遮銀盤，
暗夜萬里沒星光，
燭火猶照團圓夜，
望穿秋水思故鄉。
清音濁語無人唱，
指彈弦亂羞欲藏，
念想化蝶奔月娘，
寄誰柔情寸寸腸？

害怕看見妳淚流的樣子，
腦海盡是、盡是……妳的名字，那千萬分之一，我遇見了妳，
奢求緣分又何必，

魚雁相知，今生足以，
何需痴戀永遠在一起？
筆墨橫姿，流星熠熠，
片語殘影……找不到妳？

今晨我淋著雨，
獨自走在校園裡，
黃花落滿地，
哭泣……
妳在那裡？
思念成雨，

溼了一身孤寂。

作者的話：顯不敏。高中時期因拙作入選文學獎佳作而啟發寫作動力。大學時期不忘持續創作參賽投稿，作品在「鑑心文學獎中」亦獲得青睞。雖對文學始終懷抱熱情，但因本職學能為商學領域，難免使一絲文學血脈囚困於管院冰冷高牆裡。有幸在中正大學攻讀商學碩士學位時，走入文學院殿堂修課一門，自此後時有塗鴨之作，藉以滿足內心文學之魂，零雜隨性創作蒙茶美人垂青收錄於本書中，甚為感激。

國家圖書館出版品預行編目資料

春城無處不飛花/茶美人著. -- 初版. -- 臺北市：上承文化有限公司, 2021.06

面； 公分

ISBN 978-986-95566-8-2（平裝）

863.55 110009149

春城無處不飛花

作　　者：茶美人
校　　稿：廖姝晴、林欣樺
設計顧問：潘靜儀、廖姝晴
美術編輯：上承文化有限公司
發　　行：上承文化有限公司
地　　址：台北市大安區羅斯福路三段 241 號 8 樓之三
出版日期：2021 年 6 月初版
定　　價：新台幣 250 元

ISBN-13 ：978-986-95566-8-2（平裝）